www.lenos.ch

Jadd Hilal

Flügel in der Ferne

Roman

Aus dem Französischen
von Barbara Sauser

Lenos Verlag

Die Übersetzerin
Barbara Sauser, geboren 1974 in Bern, studierte Slawistik und Musikwissenschaft. Nach mehreren Jahren im Zürcher Rotpunktverlag arbeitet sie seit 2009 als freiberufliche Übersetzerin aus dem Italienischen, Französischen, Russischen und Polnischen. Sie lebt in Bellinzona. www.barbarasauser.ch.

Diese Übersetzung wurde unterstützt durch das Übersetzerhaus Looren.

Die Übersetzerin und der Verlag danken der Schweizer Kulturstiftung Pro Helvetia für die Unterstützung.

prohelvetia

Titel der französischen Originalausgabe:
Des ailes au loin

Erste Auflage 2021

Satz und Gestaltung: Lenos Verlag, Basel
Umschlagfoto: Yongkiet Jitwattanatam / shutterstock
Printed in Germany
ISBN 978 3 03925 014 1

Flügel in der Ferne

Jede Ähnlichkeit mit lebenden Personen
und ihren Fiktionen ist rein reaktiv.

Für meine Grossmutter.

Für meine Mutter.

Mir scheint, für den, der zurückbleibt,
ist es immer viel trauriger als für den,
der weggeht.

Marivaux,
Das Leben der Marianne

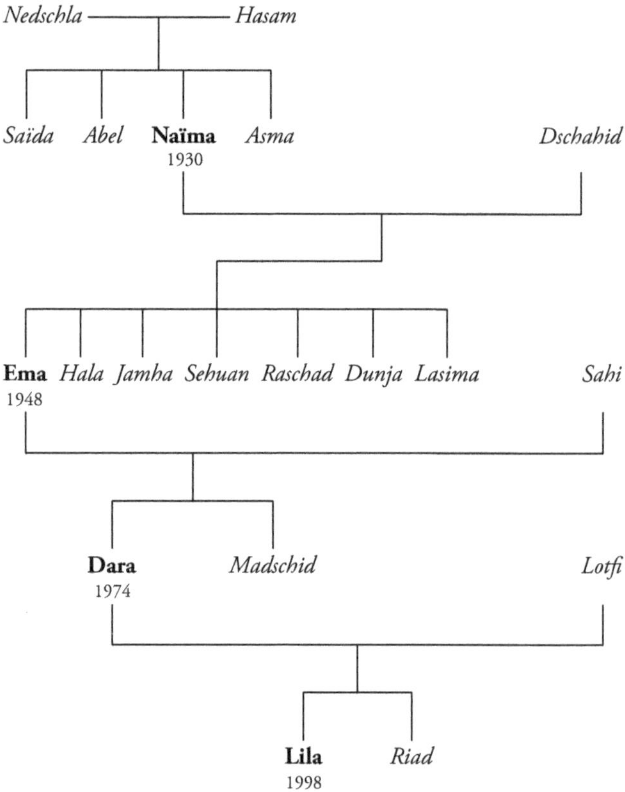
Nedschla
Hasam
Saïda
Abel
Naïma
1930
Asma
Dschahid
Ema
1948
Hala
Jamha
Sehuan
Raschad
Dunja
Lasima
Sahi
Dara
1974
Madschid
Lotfi
Lila
1998
Riad

Naïma

Das Meer. Meine Beine hoben ab. Gleich würde ich wegfliegen in den orangen, wolkenlosen Himmel.

»Nach rechts!«

Ich zuckte zusammen. Wie hatte Ahava mich einholen können? Ich gehorchte und versteckte mich an der Strassenecke hinter einem Mülleimer. Bemüht, mein Schnaufen zu unterdrücken, wartete ich. Eine Hand legte sich auf meine Schulter.

»Ich hab nichts getan, ich hab nichts getan!«

Der Polizist zog mich hoch. Sah mich an. Sah mich lange an.

»Was schmunzelst du, Kleine?«

Haifa: die Hauptstadt von Palästina. Haifa, ein Fjord am Mittelmeer. Eine elfenbeinfarbene Stadt, die auf ihren vierhundert Metern Höhe wie ein Leuchtturm über der See thront. Ich verbrachte ganze Tage am Hafen, bewunderte die grossen Schiffe, das Meer und in der Ferne die Küste jenes Landes, in dem ich später einen Teil meines Lebens verbrachte: des Libanons.

In Haifa lebten wir Tür an Tür mit der Familie meiner Freundin Ahava. Sie waren Juden. Blieben immer in unserer Nähe. Wir assen, sangen, tanzten zusammen. Wie sie lebten auch wir in einer kleinen Wohnung. Meine Eltern, meine grosse Schwester Saïda, mein grosser Bruder Abel und ich schliefen auf dem Fussboden unter ein und derselben Decke. Ich hatte den Ehrenplatz neben meiner Mutter. Eines Abends bat mich Saïda, mit ihr zu tauschen. Sie streckte mir einen Ring hin.

»Echtes Gold.«

Ich kriegte mich kaum ein vor Lachen.

Das Viertel, die Läden, die Lebensmittelverkäufer. Vom Zimmer aus konnte ich die Moschee, die Kirche, die Synagoge und in der Ferne Olivenbäume sehen. Ich erinnere mich an einen Traum, an eine Reihe Engel, die sich über den Bäumen in den Himmel zog. Meine Augen waren wohl offen. Vielleicht handelte es sich einfach um Menschen. Der Himmel war in Haifa nah, die Sterne deutlich, fast greifbar. Ich fing an, sie zu zählen.

»Für jeden Stern wird dir eine Warze wachsen.«

Meine Mutter. Ich zählte weiter, weil ich wissen wollte, ob sie log oder nicht.

Im Zentrum von Haifa wucherte ein riesiger Markt. Mein Vater trug mir oft auf, dort Brot zu holen. Das machte ich nicht gern. Lieber setzte ich mich mit Ahava in ein Café gleich daneben. Beobachtete die Menschen. Der Besitzer war ein Freund meiner Familie, ich durfte dort sitzen, ohne etwas zu bestellen. Er mochte mich ganz gern, glaube ich. Oft sagte er, ich sei hübsch und später würden sich die Verehrer um mich reissen.

»Deine schönen grünen Augen werden über dein Leben entscheiden, Naïma.«

Das Leben hat ihm recht gegeben.

»Heute liegt es in deinem Interesse, ein Brot nach Hause zu bringen.«

Die Stirn meines Vaters war gerunzelt. Er hatte Ahavas Familie zum Essen eingeladen. Diesmal keine Ausflüchte.

Im Zickzack flitzte ich über den Markt, an Beinen vorbei, die mir, klein wie ich war, vorkamen wie Stelzen. Ich hatte das Brot schon unter dem Arm, als ich eine Explosion hörte.

Eine Druckwelle.

Ich wurde zurückgeschleudert. Meine Ohren rauschten. Ich schmunzelte. Warum, weiss ich selber nicht. Ich versuchte aufzustehen. Verlor das Gleichgewicht und plumpste wieder zu Boden. Oben an der Stirn fühlte ich ein Brennen. Dass mich ein Bombensplitter gestreift hatte, wurde mir erst nach einer Weile klar. In diesem Moment verstand ich nichts. Rein gar nichts. Benommen, belustigt, vom Schock aufgewühlt, kehrte ich nach Hause zurück, als ob nichts gewesen wäre.

»Ich habe es ihm immer gesagt! Ich habe immer gesagt, dass sie zu klein ist, um alleine auf den Markt zu gehen! Er hat meine Tochter getötet! Hasam hat meine Tochter getötet! Mein Mann hat meine Tochter getötet!«

Meine Mutter wehklagte nach Art der arabischen Mütter. Zog die Vokale in die Länge. *Meine Tooochter, er hat meine Tooochter getöööötet.* Als sie mich erblickte, stürzte sie zu mir. Ich streckte ihr das Brot hin. Dann das Wechselgeld. Es war blutverschmiert.

»Das waren Juden«, sagte sie ein paar Stunden später zu mir.

Ich hielt es für einen Scherz zur Aufheiterung.

»Sie sind anders als wir. Das sind Juden von der Haganah*.«

* Dieser und andere Begriffe siehe Glossar des Autors ab Seite 199.

Nach dem Attentat von 1938 verliessen meine Mutter, mein älterer Bruder, meine Schwester und ich Haifa. Mein Vater lehnte es ab mitzukommen. Er hatte eine neue, besser bezahlte Stelle, in einem Bergwerk unweit der Küste.

»Mein Arbeitsweg ist ohnehin schon lang, Nedschla«, sagte er.

Er behielt die Wohnung in Haifa, um dort unter der Woche zu schlafen, und kaufte ein Haus in Schafa Amr, wo er uns an den Wochenenden besuchte. Der reinste Luxus, das neue Haus: mit Balkon, grossem Wohnzimmer und sogar einem Backofen. Mehrere Jahre später baute mein Vater einen zweiten Stock darauf, für die Schlafzimmer. Er verdiente gut.

In Schafa Amr hatte es ein Ende mit kurzen Röcken und T-Shirts. Wenn wir mit unserer Mutter spazierten, zogen meine Schwester und ich immer wieder lüsterne Blicke an. So beschloss sie eines schönen Tages, uns beiden Hosen zu nähen. Ich sah zu, wie sie die Nadel führte. Meine Mutter war schön. Schön und sehr zart. Die helle Haut, die geradlinige Silhouette und die gemächlichen Bewegungen verliehen ihr etwas Sittsames. Wenn sie ernst mit mir sprach, zielte ihr grünäugiger Blick nie direkt in meine Augen, sondern ein klein wenig darunter.

»Die Haganah ist eine zionistische Untergrundorganisation.«

Ich verstand kein Wort.

»Sie beschützt die Juden, weil die Araber sie bedrohen.«

»Was, wir bedrohen die Juden?«

In ihrem Gesicht erschien ein aufrichtiges Lächeln.

»Hier hast du deine Hose.«

Pflaumenzeit. Meine Schwester Saïda und ich pflückten die Früchte immer von einem grossen Baum in der Nähe unseres Hauses. Saïda, die Sadistin. Einmal fiel ich vom Baum und hatte daraufhin eine Woche lang Nackenschmerzen. Beim nächsten Mal hatte ich natürlich Bedenken hochzuklettern. Aber das interessierte mein Schwesterherz nicht. Sie schrie mich an und schlug mich, bis ich nachgab. Einmal oben, drohte ich, alles unserer Mutter zu erzählen.

»Das kauft sie dir ohnehin nicht ab, man sieht ja nichts.«

Ich riss Pflaumen von einem nahen Zweig und zerdrückte sie zwischen den Fingern. Dann rieb ich sie mir auf die Augen und schrie: »Schon haben wir zwei schöne Veilchen!«

Mit mir war meine Mutter enger verbunden als mit ihren anderen Kindern. Zumindest bildete ich mir das ein. Es war auch logisch, schliesslich hatte sie mir einiges zu verdanken. Ich hatte ihr schon das Leben gerettet. Mit gerade mal neun Jahren! Sie war einmal vor mir hergegangen, auf dem Kopf einen riesigen Krug Mais – geerntet, um ihn an Händler zu verkaufen –, als daraus plötzlich der Kopf einer Schlange hervorlugte. Das Tier wand sich in Richtung ihres Nackens. Ich stürzte zu ihr und schlug den Krug herunter. Er ging zu Bruch. Die Schlange kam in ihrer ganzen Länge zum Vorschein. Sie war unglaublich lang, nahm aber Reissaus. Und ich schmunzelte wie damals bei der Explosion auf dem Markt.

»Ich war ungefähr gleich alt wie du, als ich den Schreck meines Lebens bekam. Ebenfalls eine Schlangengeschichte.«

Wir machten kehrt, um zu Hause einen anderen Krug zu holen.

»Dein Onkel Reda spielte draussen. Da hörte ich ihn rufen: ›Komm, mein kleines Kätzchen, es gibt zu fressen.‹ Wir hatten kein Kätzchen. Ich stürmte zu ihm und erblickte in seinen Händen eine riesige Schlange. Er wollte sie füttern.«

Ein paar Jahre später erzählte mir meine Mutter die Geschichte noch einmal. Es geschah auf derselben

Strasse. Als ich vor unserem Haus vom Pferd stieg, biss mich eine Spinne in den Fuss. Mein Vater schnitt mir mit einem Teppichmesser ein Stück von der Zehe ab. Blut strömte. Während meine Mutter von der Naivität meines Onkels plauderte, brach mein Vater eine Knoblauchzehe entzwei und band sie mit einem Taschentuch an die Wunde.

Es ging mir auf die Nerven, zwischen Haifa und Schafa Amr hin- und herzureisen. Das wussten alle in der Familie und niemand besser als Saïda, die Sadistin.

»Es ist eine Schande, dass Naïma ihren Vater nicht öfter sieht. Bestimmt ist er traurig«, sagte sie.

Und damit war die Maschinerie in Gang gesetzt. Die schuldige Gattin stürzte sich in die Organisation der heilbringenden Reise. Weckte uns um sieben Uhr früh und zerrte uns in die Küche. Dort klatschte sie für uns verschlafene Kinder zwei *khabez,* libanesische Fladenbrote, auf den Tisch, schnitt sie auf, bestrich eine Seite mit *labneh,* fermentiertem Frischkäse, goss einen dünnen Strahl Öl darüber und legte ein paar Oliven darauf.

»Dieses hier könnt ihr jetzt essen. Das zweite ist für unterwegs.«

Immerhin ein Trost. Diese Sandwiches waren unglaublich lecker. Und vor allem: Man musste einen Halt einlegen und vom Pferd steigen, um sie zu essen. Das verkürzte die Reise. Mitunter. Manchmal war es gerade umgekehrt. Sekunden konnten einen grossen Unterschied machen. Saïda war begabt, das musste man ihr lassen. Eines Morgens waren wir unterwegs zum Olivenernten, da blieb sie auf einmal abrupt stehen. Zog mich am Arm.

»Komm, wir laufen zusammen zu Papa.«

Das Miststück. Sie sah mich wohlwollend, geradezu von Zuneigung erfüllt an. Versuchte mich zu überreden.

»Glaubst du etwa, ich kenne den Weg nicht?«

Ihre Brauen wanderten nach unten, das Lächeln verschwand. Ihr üblicher Blick gewann wieder die Oberhand: fordernd, an das Verantwortungsgefühl appellierend. Saïda gehörte zu den Menschen, bei denen Aussehen und Charakter zusammenpassten. Sie war eine harte Person, in beiderlei Hinsicht. In ihrem Gesicht gab es kein sanftes Auf und Ab, alles wirkte wie mit dem Lineal gezeichnet. Dasselbe galt auch für ihren Körper. Sie war nicht so gertenschlank wie meine Mutter, aber den wahren Unterschied machte das Ungleichgewicht. Von kurvenreicher Figur konnte nicht die Rede sein. Saïda war ein Stier. Ihre Beine waren dünn, aber stämmig, weil sie seit Jahren dieses gewaltige, gedrungene V von Oberkörper tragen mussten. Und dann die Augen. Sie wirkten auf mich immer subtil undurchdringlich, auch jetzt.

»Los, wir brechen auf.«

Jetzt klang es harscher. Ich wich ein paar Schritte zurück.

»Komm schon.«

Ich konnte mich nicht widersetzen. Tröstete mich mit dem Gedanken, wertvoller zu sein als sie. Dass nie recht hat, wer sich nie irrt, und mit ähnlichen Leitsätzen für den Notfall.

Fünf Stunden. Fünf Stunden Fussmarsch. Kein Gespräch, kein Wort. Als mein Vater uns aufmachte, war ich drauf und dran zusammenzuklappen. Er trug eine graue Arbeiterkluft, was seinem mediterranen Gesicht etwas Elendes verlieh. Aber sein Stolz liess mich im Nu die ganze Mühsal vergessen. Er legte eine Hand auf sein kurzgeschorenes Haar, die andere an den buschigen Schnurrbart und sah uns an. Der gleiche Gesichtsausdruck wie bei Saïda. Die gleiche Undurchdringlichkeit. Aber damit hatte es sich in seinem Fall. Davon abgesehen war mein Vater das pure Gegenteil meiner Schwester. Zwischen seinem Verhalten und seinem Erscheinungsbild bestand eine verblüffende Diskrepanz. Mein Vater war scheinruhig. Und wie die meisten scheinruhigen Menschen verbarg er hinter seinem Phlegma eine unablässig brodelnde Nervosität. Auch seine Grösse und sein Verhalten waren zwei klar getrennte Dinge. Mein Vater war klein, vermochte aber trotzdem zu erdrücken. Die Perspektive spielte keine Rolle. Er beherrschte die Leute auch von unten.

»Wie seid ihr hergekommen?«

Er liess uns auf dem Sofa Platz nehmen und bot uns eines der berühmten *labneh*-Sandwiches an, das ich, weil es nicht ein Etappenziel markierte, etwas weniger schmackhaft fand. Kaum hatte ich den Imbiss verschlungen, streckte ich mich aus und schlief ein.

»Steh auf, ihr müsst jetzt los.«

Abruptes Aufwachen.

»Dürfen wir nicht bleiben, Papa?«, murmelte ich.

»Nein, sonst macht sich eure Mutter Sorgen.«

Saïda trat auf den Plan.

»Komm schon, Naïma, hör auf zu jammern.«

»Du könntest uns begleiten, Papa …«

»Ich muss zur Arbeit.«

Kein Mitleid im Blick. Nichts. Meine Schwester wartete vor der Tür. Sie wurde ungeduldig. Tränen in den Augen, fügte ich mich, wieder einmal.

Mein Vater war ein harter Mensch. Hart allen gegenüber. Das rettete uns in Schafa Amr eines Nachts das Leben. Meine Eltern und ich schliefen in benachbarten Zimmern. Eine Albtraumserie führte dazu, dass ich mich über Vaters Strenge hinwegsetzte und ins Ehebett legte. Nach einigen schlaflosen Minuten sah ich eine Gestalt, die ins Zimmer trat und sich in einer Ecke bückte. Ich empfand die Silhouette als unproportioniert, dann fremd. Aber besorgt war ich nicht. Warum sollte jemand lieber zu uns wollen als zu jemand anderem? Und warum ausgerechnet in dieses Zimmer? Zum Stehlen? Da gab es schon im Wohnzimmer genug zu tun, wo man zudem ungestört war. Merkwürdig unstrategisch.

Dann endlich ging mir ein Licht auf. In diesem Winkel stand der Karabiner meines Vaters, eine bemerkenswerte Waffe, von deren Präzision er – allzu laut – in der ganzen Stadt schwärmte. Ich begriff, was der Mann vorhatte, und reagierte.

»Papa! Ein Dieb!«

Das Spektakel begann. Mein Vater sprang aus dem Bett, als hätte er wach gelegen, und versetzte dem Unbekannten einen Stoss. Die Waffe fiel zu Boden. Im Halbdunkel schien das Gesicht des Mannes auf. Er wirkte überrascht. Vor Schreck über die ungeheure

Kraft, die in diesem kleinen Körper steckte, blieb er wie angewurzelt stehen. Einen Moment später floh er aus dem Zimmer. Mein Vater schnappte sich den Karabiner und stürzte ihm hinterher. Seine kurzen Beine zappelten vorwärts wie die eines Tausendfüsslers. Ich folgte den beiden. Und schmunzelte. Wieder einmal.

Am nächsten Tag kochte meine Mutter einen grossen Topf Kohl, mit vielen Gewürzen und Chili. Ich sass auf einem wackeligen Hocker und sah ihr zu, als ich die Haustür aufgehen und wieder zukrachen hörte. Mein Vater war von der Arbeit zurück. Schmiss im Wohnzimmer seine Schuhe zu Boden. Meine Mutter sah mich an. Diesmal direkt in die Augen. Bis heute erinnere ich mich an diesen Blick. Angestrengt mutig und dazu eine Angst, die diesen Mut zu ersticken drohte. Es war, als wollte sie mich schon im Voraus beruhigen. Die unsichere Prophetin vermittelte mir eine Botschaft, ein Gefühl des Trostes. Erst vor kurzem habe ich die Absicht dahinter verstanden. Sie füllte mich auf. Sie füllte mich mit Hoffnung, die sie bei sich selber abzog. Über ihren Blick tränkte sie mich damit. Sie sah mich an diesem Tag lange an und zog ihren Optimismus bis zum letzten Tropfen ab. Warum? Für mein Überleben. Sie wusste, dass das Kommende mich verändern, einen Teil von mir abtöten würde. Die Zukunft würde diese ganze Hoffnung wieder aus mir heraussaugen und verschleudern.

Mein Vater kam in die Küche, schrie: »Kohl?«, hob unter meinem belämmerten Blick den kochend heissen

Topf hoch und kippte den Inhalt über meiner Mutter aus.

Mein Vater war ein harter Mensch. Hart allen gegenüber.

»Deinen Gesichtsausdruck habe ich nie vergessen, Mama.«

Meine Mutter und ich sassen auf der Terrasse eines Restaurants im Zentrum von Schafa Amr. Seit der Sache mit dem Topf Kohl war ein Jahr vergangen. Ihr Gesicht war immer noch davon gezeichnet. Zikaden zirpten. Mir war kalt.

»Ich will dir etwas erzählen«, sagte sie.

Sie blickte sehnsuchtsvoll in den Sternenhimmel, als fühlte sie sich zu ihm hingezogen.

»Eine Geschichte, die meine Mutter mir erzählt hat, einfach weil ich als Kind einmal auf der Strasse mit einem Unbekannten geredet habe.«

Mein Magen krampfte sich zusammen. Ich wollte sie bitten, nicht weiterzureden.

»Stell dir einmal vor, Nedschla, hat meine Mutter gesagt, eines schönen Tages kommt ein Fremder in ein Dorf. Er hat Durst. Deshalb bleibt er vor einem Haus stehen, vor dem ein kleines Mädchen im Garten spielt und eine Frau die Terrasse fegt. Er sagt zur Frau: ›Könnten Sie mir bitte etwas Wasser geben?‹ Sie bringt ihm welches. Der Mann trinkt, und mit dem restlichen Wasser wäscht er sich noch das Gesicht. Ein paar Stunden später kommt der Ehemann von der Arbeit nach Hause. Das Mädchen sagt: ›Mama hat einen Fremden gewaschen.‹ Der Ehemann spinnt ein bisschen: Er rastet immer gleich aus. Seine Frau kriegt Prügel, und er verlässt sie. Die Geschichte wird aufgebauscht. Man befürchtet, der Ruf der Familie könnte Schaden nehmen. Schliesslich erdrosselt jemand die Frau und wirft ihre Leiche in einen Brunnen. Das Mädchen hat keine Familie mehr. Niemand will ihm helfen, wegen des angeblichen Ehebruchs. Sie irrt monatelang herum. Bis sie verhungert.«

Stille.

»Warum erzählst du mir das, Mama?«

»Das habe ich deine Grossmutter damals auch gefragt. Um mich davon abzuhalten, mit Fremden zu sprechen, hat sie gesagt. Wirksam, was?«

Sie blickte immer noch in den Himmel.

»Es gibt einen weiteren Grund. Ich habe ihn erst viel später verstanden.«

Eine leichte Brise kam auf. Sie brachte ihre Frisur in Ordnung, im Nu kehrte der Scheitel wieder in die Mitte ihres langen blonden Haares zurück.

»Meine Mutter wollte, dass ich die Kindheit hinter mir lasse, das war der Grund.«

Obwohl diese Worte für meine Mutter grosses erzieherisches Gewicht haben mussten, prallten sie an mir einfach ab und fielen auf die kalten Terrassenplatten. Das Bild der Frau tief unten im Brunnen bestürzte mich.

»Warum schmunzelst du?«

Ich wich aus: »Was soll das mit der Kindheit zu tun haben?«

»Der Schock.«

Die Leiche des kleinen Mädchens am Boden, auf die Knochen abgemagert, von allen vergessen. Ich fuhr aus dem Schlaf hoch. Neun Uhr morgens. Ich musste auf andere Gedanken kommen.

»Kommst du spielen?«

Ich stand vor der Tür von Safia, dem Schafa Amrer Pendant meiner Freundin Ahava. Wir spielten oft neben ihrem Zuhause Himmel und Hölle. Nach wenigen Minuten hielt ein Van vor uns. Ein grossgewachsener Mann stieg aus, sah mich unverwandt an. Er hatte den gleichen Blick wie mein Vater. Völlig undurchsichtig. Dann spazierte er gemächlich los, erhobenes Kinn, nach hinten gezogene Schultern. Seine Hände steckten in den Taschen einer grauen Leinenhose, die ihm praktisch bis zum Bauchnabel reichte. Auch die Gangart war gleich. Ein Pinguingang, bei dem der Körper nie aus der Achse geriet – wenn das linke oder rechte Bein vorrückte, folgte ihm die entsprechende Schulter.

Der Unbekannte schritt ruhig voran, bis er vor mir stand. Als er sich vorbeugte, um mich anzusprechen, quoll ein Haarbüschel aus seinem weissen Hemd hervor.

»Wo wohnen die Abu Salem?«, fragte er.

Seine Stimme bebte. Auch er ein Scheinruhiger.

Mit einer Unschuld, die ich bis heute bedaure, wies ich auf unser Haus.

Am Abend rief meine Mutter mich ins Wohnzimmer. Ich musste mich neben sie auf das rotsamtene Sofa setzen.

»Heute hat ein Mann mit dir geredet.«

Ich nickte. Ihr Blick zielte auf eine Stelle unterhalb meiner Augen. Das verhiess nichts Gutes.

»Er heisst Dschahid. Du wirst ihn heiraten. Er hat um die Hand des ›Mädchens mit den grünen Augen‹ angehalten. Dschahid ist besser als der Nachbarssohn. Samir mag dich, aber finanziell lässt er zu wünschen übrig.«

Ich hatte keine Ahnung, wer dieser Samir war, und von seiner Zuneigung mir gegenüber wusste ich schon gar nichts. Meine Mutter lächelte mich an. Ich sass verdattert da und vermochte ihren Worten keinen Sinn zu entnehmen.

Ich war zehn. Das schien meiner Mutter erst in diesem Moment bewusst zu werden.

»Wir warten, bis du zwölf bist, du wirst sehen, in dem Alter kann man mit solchen Dingen schon viel besser umgehen.«

Die zwei Jahre vergingen im Nu. Die Zeit läuft immer schneller, wenn man es nicht möchte.

Gehupe, Taxis.

Ich wurde abgeholt und zu Dschahid gebracht, der mich sofort in sein Bett nahm. Ich war zwölf, er einundzwanzig. Ein klassischer Zahlendreher. Mit zwölf habe ich also die Kindheit hinter mir gelassen. Wurde ich zur Frau.

Look up, I look up at night,
Planets are moving at the speed of light.

Coldplay,
Speed of Sound

Dschahid lebte mit seinem Vater, seiner jüngeren Schwester und seinem Bruder zusammen. Er war Busfahrer. Ich verbrachte die Zeit mit seiner Familie. Wir gingen nie aus. Manchmal kamen Nachbarn zu Besuch. Aber nur manchmal.

1947 brach in Palästina der Bürgerkrieg aus. Die Juden der Haganah marschierten in der Stadt ein. Zuerst erschallte der Alarm, dieselbe Art Sirene, die französische Feuerwachen jeden ersten Mittwoch des Monats ertönen lassen. Dann durchschnitten Flugzeuge den Himmel. Ich betrachtete sie. Dachte in meiner Naivität an jenen Augenblick in der Geschichte der Welt, als das Fliegen den Vögeln noch Schutz vor den Menschen geboten haben muss.

Dann zog mein Mann mich am Arm und ging mit mir in den Keller, wohin man sich vor den Bombardierungen flüchtete. Einmal war ich allein, als der Alarm ertönte. Da ich unbedingt die Flugzeuge über meinem Kopf sehen wollte, blieb ich auf dem Balkon.

Nach einem Dutzend Bombardierungen entschied sich Dschahid zur Flucht, wie vor ihm meine Mutter. Ein Dienstagabend, neun Uhr. Der Alarm ging los. Sofort setzte sich Dschahid mir gegenüber an den Küchentisch.

»Ja?«, fragte ich.

Keine Antwort. Mit wie üblich unergründlichem Blick blieb er sitzen, bis der Alarm nach einer halben Stunde aufhörte. Dann zog er mich am Arm aus der Wohnung.

»Los, mach schon! Beeil dich, Naïma!«, rief er.

Auf der Strasse, etwa zehn Meter vor dem Wohnblock, erwarteten uns Leute. Als wir aus der Eingangshalle traten und Dschahid sie sah, verlangsamte er abrupt seine Schritte, schob die Hände in die Taschen und spazierte auf sie zu. Ich erstarrte. Also konnte auch er sein Verhalten von einem Moment auf den anderen ändern? Wie Saïda? Als Dschahid bei den Leuten ankam, stieg er ruhig in seinen Bus, der nicht viel mehr als ein grosser Van war, und bedeutete uns lässig, ihm zu folgen. Wir pferchten uns hinein. Da der Krieg Umwege und Kehrtwenden mit sich brachte, dauerte die Fahrt von Palästina in den Libanon sechs Tage und sieben Nächte – sieben Nächte in einer anderen Welt, sieben Nächte lang unter Olivenbäumen am Strassenrand in den Sternenhimmel schauen.

Meine Mutter, mein Bruder, Saïda und meine neugeborene Schwester Asma waren in Schafa Amr, mein Vater und meine Freundin Ahava in Haifa. Ich war allein. Ich war nichts. Hatte keinen Ort, keine Identität, keine Wahl. Mit siebzehn war ich Nomadin. Ich hatte nirgendwo gelebt – war bestenfalls anderen gefolgt –, und vor allem war ich zu jung, um zu wissen, ob mir ein solches Leben gefiel oder nicht.

Doch nun der Libanon. Der Libanon und vor allem: Baalbek. Schon allein der Name entschädigte für alles. Sogar für die schreckliche Woche im nach Achselhöhlen und salzigem Schweiss stinkenden Bus. Wir näherten uns dem Ziel. Ich hielt Ausschau nach den ersten Steinen dieses Juwels der Antike. In der Ferne: eine goldene Wolke. Mir geriet Staub in die Augen. Ich schloss sie. Als ich sie wieder aufschlug, erkannte ich allmählich Formen, immer gleiche Formen.

»Dort sind Zelte«, sagte ich laut.

»Baalbek« war nicht Baalbek, sondern ein Zeltlager in der Nähe der Stadt. Trotzdem währte meine Enttäuschung nicht lange. Meine Eltern, mein Bruder und meine Schwestern folgten uns ins Lager. Auch mit einigen Cousins und Freunden aus Kindertagen traf ich wieder zusammen. Das Rote Kreuz verteilte Kleider, Lebensmittel und Decken. Aber Dschahid gab sich damit nicht zufrieden. Nach kürzester Zeit wollte er weiter.

»Du sollst nicht in einem Zelt gebären«, sagte er.

Mein Bruder Abel hielt es dort ebenfalls nicht aus. Er verliess das Camp jeden Tag in den frühen Morgenstunden. Erst bei Sonnenuntergang kam er zurück, zum Abendessen. Er hatte in der Nähe Arbeit gefunden. Kein Wort darüber, was er dort tat, wer seine Kollegen waren oder auch nur wie viel er verdiente. Die Sache stank zum Himmel. Nicht ohne Grund: Sie war erfunden. Zwei Wochen später verkündete Abel, er werde heiraten. Meine Mutter zappelte vor Freude und begann sofort mit den Vorbereitungen. Ich blieb gleichmütig. Lächelte, weil man lächeln musste. Aber eigentlich berührte mich die Sache nicht. Wäre ich älter gewesen, hätte ich Eifersucht verspürt, Eifersucht auf eine Ehe aus Liebe, eine frei gewählte Ehe. Damals verstand ich es einfach nicht. Wie im Fall meiner eigenen Ehe verstand ich diese Verbindung zwischen zwei Wesen nicht. Ich verstand die Herumrennerei meines Bruders nicht, seine vor Aufregung stockende Stimme, als er uns die Nachricht verkündete, sein Lächeln, das er hinter Männlichkeit zu kaschieren versuchte …

Meine Mutter organisierte im Zelt ein kleines Fest. Irgendwann ging ich hinaus, um etwas frische Luft zu schnappen. Ich lief ein wenig über den kalten Sand. Abel kam mir nach.

»Was man nicht alles auf sich nimmt.«

Ich nickte, ohne genau zu wissen, was er meinte.

»Weisst du, dass ich alles zu Fuss gegangen bin? Und das im Krieg? Kannst du dir das vorstellen? Manchmal musste ich mich im Sand verstecken, um nicht gesehen zu werden, ist das nicht unglaublich, Naïma?«

»Wozu das alles?«

Er wich einen Schritt zurück.

»Weil ich sie liebe«, antwortete er, als wäre das eine Selbstverständlichkeit.

Die Monate vergingen. Mein Vater fand Arbeit in einem Nachbardorf und kaufte ein kleines Haus in Baalbek, diesmal im richtigen. Abel wurde getötet. Ein Streit mit einem palästinensischen Spitzel. Laut meinem Vater hatte Abel als Erster zugeschlagen. Er soll den Mann beim Flirten mit der Ehefrau eines Freundes überrascht haben, etwas in dieser Art. Abel war eben ein Hitzkopf. Mein Vater erzählte, er sei ausgerastet, habe den Mann gegen eine Wand geschubst, geohrfeigt und dann aus dem Haus geworfen. Dumm nur, dass dieser für die Haganah arbeitete, Verstärkung holte und noch einmal aufkreuzte. Sie fielen zu fünft über meinen Bruder her. Dann warfen sie ihn in einen Jeep und fuhren ihn zu einem Pflaumenbaum, wo sie ihn erschossen und vergruben. Mein Vater versicherte mir, er habe den ganzen Libanon nach diesem Pflaumenbaum abgesucht und es nur aufgegeben, weil der Mörder höchstpersönlich gekommen sei.

»Weisst du, was er gesagt hat, Naïma? Er hat gesagt: ›Ich habe deinen Sohn umgebracht, und wenn du nicht aufhörst, nach ihm zu suchen, zeige ich dir sein Grab und hebe daneben eins für dich aus.‹«

Ich weinte um meinen Bruder, bis ein neues Leben an die Stelle seines Todes trat. Ich wurde zum ersten Mal Mutter. Zu diesem Zeitpunkt verdiente Dschahid sehr gut. Das prägte auch den Namen meiner ersten Tochter: Ema. »Segnung«. So lautet zumindest Dschahids Version. Meine ist anders. Aber sie schmerzt mich heute zu sehr, als dass ich darüber sprechen möchte.

Dschahid mietete ein Haus in Baalbek, in dem wir lange blieben. Sehr lange. Lange genug, um uns am Licht der alten Römerstadt Heliopolis sattzusehen. Saleh Haidar, die Einkaufsstrasse, in der wir auf zerstampftem Eis perlengleich ausgelegtes Obst und Gemüse kauften; Abu Issam, der uns das Fleisch über die Theke reichte und dabei immer schon den nächsten Kunden ansah; die Meeresbrise, so sanft zur Haut wie in Urlaub geschicktes Weckergeklingel … Eine sorglose Zeit.

Ema war zwei, als meine zweite Tochter, Hala, geboren wurde.

Auf Ema und Hala folgte Jamha, mein drittes Kind. Jamha lebte nur zwei Jahre. Ich habe nie wirklich verstanden, warum. Sie begann von einem Tag auf den anderen, alle Mahlzeiten zu erbrechen. Die herausgewürgte blutige Nahrung, ihr stumpfsinniger Blick, als begriffe sie nicht, dass diese Masse aus ihr herausgekommen war. Dieser Blick quälte mich am meisten. Alles, was in ihr vorging, blieb ohne Sinn, ohne Interpretation. Sie war zu klein, um eine Ahnung von ihrem Leiden und vor allem von ihrem bevorstehenden Tod zu haben.

Im Viertel, in der Stadt, im ganzen Land, überall habe ich nach einem Heilmittel gesucht. Eines Nachmittags im Oktober wurde Jamha von einem Krampf erfasst. Meine Mutter war bei uns. Sie trat heran, nahm mir das Kind aus den Armen und trug es ruhig in den Garten. Ich hörte, wie sie vor der Schaukel murmelte: »Wir schicken ihre Seele in den Himmel.«

Meine Mutter beugte sich vor und setzte meine bewusstlose Tochter auf das kleine hölzerne Brett. Dann umschlang sie sie fest und machte ein paar Schritte vorwärts. Reglos erhob sich Jamha in den Himmel.

Meine Eltern kehrten nach Palästina zurück. Wir erhielten mehrere Briefe von ihnen. Dschahid zerriss sie allesamt. Er hatte eine Idee im Kopf: Auslöschung, Vergessen. Meine Eltern und überhaupt jede erdenkliche alternative Wirklichkeit sollten verschwinden. Ich glaube, er fürchtete sich davor, ich könnte ein anderes Leben anstreben.

Ich hörte ein Klopfen an der Tür und blieb reglos stehen, wie mein Mann mich angewiesen hatte. Unangekündigter Besuch: den Eindruck erwecken, es sei niemand zu Hause.

»Naïma, ich bin's, dein Vater.«

Ich erschrak.

»Mach schon auf.«

Wo kam er plötzlich her? Ich hastete zur Tür.

»Warum beantwortest du meine Briefe nicht, du unwürdige Tochter?«

Er war gealtert. Seine Schultern, seine stolzen, breiten Schultern fielen nach vorn wie zwei Beeren, die gerade von einer Traube gezupft werden. Er war um ein paar Zentimeter geschrumpft. Aber sein Blick war immer noch erdrückend.

»Und jetzt schmunzelst du noch?«

»Was machst du hier, Papa? Welche Briefe?«

Plötzlich schoss mir eine andere Frage durch den Kopf.

»Wo ist Asma?«

Meine kleine Schwester Asma war erst acht. Ich wusste wenig über sie. Aber mit Sicherheit wusste ich, dass sie meinen Vater stets auf allen seinen Reisen begleiten wollte. Sie legte immer die Wange an sein Knie und beobachtete von dort aus die Leute. An diesem Tag war mein Vater allein, und ich fühlte, dass etwas nicht stimmte.

Das Brummen eines Automotors. Dschahid kam von der Arbeit nach Hause. Mein Vater wandte sich um und betrachtete ihn, bis er mit seinem Pinguingang, die Hände in den Taschen, die Türschwelle erreicht hatte.

»Wo ist Asma?«, wiederholte ich.

»Hast du es ihr nicht gesagt?«, fragte mein Vater.

Dschahid fasste meinen Vater an der Schulter und führte ihn ins Wohnzimmer. Ich folgte ihnen. Sie sprachen mit gedämpfter Stimme.

»Sagt schon, was ist los?«

Mein Vater eröffnete mir, dass Asma einen Monat zuvor gestorben war. Dschahid liess sich zu dem Zugeständnis herab – genau das war es für ihn –, dass ich mit meinem Vater auf den Friedhof durfte. Wie bei Abel erklärte mein Vater es nur in Ansätzen.

»Sie hat einen schweren Eimer Wasser hochgehoben und in ihrem Körper ein Knacksen gehört. Dann hat sie angefangen, Blut zu spucken.«

Das war alles. Mehr brauchte es vielleicht auch gar nicht.

Erneut rettete mich, dass die Auslöschung von einer Geburt überlagert wurde. Drei Tage nach der Nachricht von Asmas Tod brachte ich einen Jungen zur Welt. Sehuan. Den ersten und letzten. Dschahid war ausser sich vor Glück. Er organisierte ein Fest und lud alle Nachbarn ein.

Asmas Tod dämpft diese freudige Erinnerung natürlich. Asmas Tod und ein nächtlicher Besuch der Polizei. Dschahid arbeitete für die UNESCO, koordinierte dort Transporte. Er engagierte sich auch in einer Gruppe für die Rechte der Palästinenser. Eine unmögliche Kombination. Zwei Nächte verbrachte er im Gefängnis.

Ema war stolz auf ihn.

Ema

Meine Schwester Hala und mein Bruder Sehuan schliefen auf der Rückbank. Ich sass kerzengerade da, die Augen weit offen. Das Auto hielt an. Mein Vater stieg aus, eine Pistole in der Hand. Er schob die Hände in die Taschen, lief ein paar Schritte und blieb dann wie erstarrt vor dem alten Flughafen von Baalbek stehen.

Flughäfen. Diese Orte, an denen Menschen sich um nichts mehr scheren und aufbrechen. Diese Orte, an denen andere ihnen mit angeketteten Füssen zusehen.

Mein Vater hielt nach etwas in der Ferne Ausschau. Wie nach einer verlorenen Erinnerung. Die Luft war heiss und feucht. Meine Haut klebte. Ich rief nach ihm. Nichts. Noch einmal. Sein Körper drehte sich. Die Beine zuerst, dann der Rumpf, die Schultern und der Kopf. Der Blick nicht. Nicht sofort. Der Flughafen hatte diesen Blick gefangen genommen, ihn an einem fernen Ort eingesperrt, für uns zu weit und für meinen Vater vielleicht auch.

Auf der Rückfahrt Schweigen. An diesem Tag wollte der Abu, mein Vater, uns töten und daraufhin sich selbst. Er litt ziemliche Qualen. Verstand meine Mutter nicht mehr, und meine Mutter verstand ihn nicht mehr. Die beiden verstand ohnehin niemand. Er hätte uns verlassen können, aber dazu war er zu feige oder zu mitfühlend.

Mein Vater zog es vor, uns von ihm zu entfernen. Er fand für uns eine Wohnung in Damaskus, im selben Wohnblock, in dem meine Tante Saïda lebte. »Ein Aas«, sagte meine Mutter.

»Ihr seid alle geflohen, ich bin in Haifa geblieben. Ich habe es aus eigener Kraft hierher geschafft.«

Ich mochte Saïda.

Unser Nachbar in Damaskus war ein Cousin meiner Mutter. Er hiess Masun. War sanft, verletzlich, furchtsam. Das genaue Gegenteil von Saïda und somit haargenau wie meine Mutter. Obendrein noch paranoid. Genau wie seine Frau Mira, die, warum wohl, eifersüchtig auf meine Mutter war. Nach einem Jahr der Wut und der Beschimpfungen fügte sich Miras Mann endlich. Masuns ganze Familie zog um. Und im gleichen Zeitraum auch die meiner Tante Saïda. Wir fanden uns allein in einem von Bäumen umringten Wohnblock wieder, ohne Licht.

Vierundzwanzig Monate dauerte es, bis mein Vater uns letzten Endes wieder zu sich nach Baalbek nahm. Ich machte ihm keine Vorwürfe, nahm es ihm nicht besonders übel, weil ich schon wusste, wie unerträglich er meiner Mutter geworden war. Ich brauchte nur etwas Zeit, um mich wieder an ihren gemeinsamen Anblick zu gewöhnen. Das ging aber ziemlich schnell. Ihr Gezanke war immer noch besser als nächtliche Ängste.

Alles, bloss keine Stille.

Es gab da diese Frau, ihren Namen habe ich vergessen. Mein Vater stellte sie uns bei unserer Rückkehr vor, und sie lebte bei uns, ohne dass anfangs jemand wirklich wusste, warum. Und dann entdeckte meine Mutter, dass mein Vater sie zu seiner Geliebten gemacht hatte.

Naïma

»Ich fahre Rola ins Gebirge. Bin gleich zurück.«

Fünfmal hörte ich diese Wortfolge und reagierte nie. Eines Abends erzählte mir eine Nachbarin, Dschahid lasse diese Frau vorn einsteigen, was damals nur Paaren und innerhalb der Familie erlaubt war. Ich wartete, bis er von der Arbeit zurückkam, und fiel dann in der Küche über ihn her.

»Was treibst du mit dieser Rola genau?«

»Hör auf, Naïma. Ich habe dir doch gesagt, dass das die Frau eines Freundes von mir ist. Wie kannst du es wagen …«

»Warum lässt du sie vorne einsteigen?«

Sein Gesicht verzog sich, sein Blick war wie ausgetauscht. Vor meinem geistigen Auge tauchte Saïda auf, dann mein Vater, dann der Topf Kohl. Gemächlich bahnten sich die Assoziationen ihren Weg. Zu gemächlich. Er griff nach einer grossen Lampe auf dem Küchentisch und warf sie mir mitten ins Gesicht. Ich fiel in Ohnmacht. Der Schmerz rief eher Gleichgültigkeit als Hass hervor. Als ich aufwachte, empfand ich nichts mehr für meinen Mann.

»Mein Herz ist erstarrt.«

Ich war dumm, mit meinem Pubertierendengeschwätz.

Ema

Drei Jahre: drei neue Schwestern. Raschad, Dunja, Lasima.

Bei der letzten legte mein Vater Wert darauf, dass meine Mutter zum Gebären ins Krankenhaus ging. Vermutlich, um sich ihr stundenlanges Geschrei nicht anhören zu müssen.

An diesem Tag herrschte in der Aufnahme Hochbetrieb. Wir mussten warten. Meine Mutter war immer noch nicht über den Ehebruch hinweggekommen. Als sie sah, wie mein Vater an der Empfangstheke mit einer Pflegehelferin flirtete, schnauzte sie ihn an: »Ich bin dir wohl egal?«

Mein Vater sah sie mit einem irgendwie leeren Blick an. Er griff nach einem Glas, das auf der Theke herumstand, und schleuderte es ihr an den Kopf. Zum Glück waren wir schon am richtigen Ort.

Als wir wieder zu Hause waren, schrie mein Vater im Wohnzimmer meinen Namen.

»Mach die Tür zu.«

Neben ihm auf dem Sofa: seine Gitarre, seine Pistole und in einem Glas ein Rest Whisky.

Ich war zwölf.

»Du wirst später die Ausbildung abbrechen, um dich um deine Familie zu kümmern.«

Er spielte ein paar Akkorde.

»Ich werde meine Geschichte aufschreiben und sie meinem Bruder geben. Mit achtzehn bekommst du sie.«

Die Pistole. Ich schielte darauf. Erinnerte mich an den verlassenen Flughafen.

»Du willst dich umbringen?«

In seinem Blick anderes als Entschlossenheit. Seine Augen wurden feucht. Mein Vater brach in Tränen aus. Was mich betrifft, verflüchtigte sich alles. Kein Mitleid mehr da.

»Du bist nach einer Frau benannt, mit der dein Vater eine Liaison hatte, vor meiner Zeit.«

Meine Mutter. Null Taktgefühl. Die Frau hiess Emna. Sie war zweiunddreissig. Mein Vater achtzehn.

»Sie war perfekt für ihn. Kultiviert, mutig, eine Künstlerin. Dein Vater ist einmal sogar mit ihr durchgebrannt. Aber Dschahids Vater sah die Sache anders. Die Beziehung seines Sohns passte ihm in finanzieller Hinsicht nicht. So holte er ihn mit Gewalt nach Hause zurück und sperrte ihn ein, bis er sie vergessen hatte. Dann zwang er ihn, mich zu heiraten. Weil er wusste, dass mein Vater reich war.«

Der Ton meiner Mutter. Ihre Bitterkeit. Sie war eifersüchtig, eifersüchtig auf diese Frau, ihre Geschichte, den Platz, den sie im Leben des Abu eingenommen hatte. Zu Recht. Lieben? Nach einer zweiunddreissigjährigen Frau ein zehnjähriges Mädchen lieben? Ausgeschlossen. Lippenstift, hohe Absätze, Röcke – trotzdem ausgeschlossen. Selbst wenn meine Mutter es versuchte, er verabscheute sie. Als Frau wie als Kind gleichermassen. Es war von vornherein eine verlorene Sache. Für beide. Von vornherein verloren, nicht nur wegen des Altersunterschieds, sondern auch wegen ihres Charakters. Mein Vater war einer, der Heldinnen hinterherlief, »Frauen, die Geschichte schreiben«, wie er sie nannte.

Seine Mutter hatte mit dem Gewehr gegen die Briten gekämpft. Sie war im Kampf gefallen. Für die Revolution. Und meine Mutter im Vergleich? Was hatte sie zu bieten?

Naïma

»Lasima« bedeutet »die Aufgezwungene«. Ein unschöner Vorname also. Schlimmer noch als »Dunja«.

»Dunja« bedeutet »das irdische Leben«. Obwohl er sozusagen für Kinderüberfluss steht und damit nicht gerade eine Aufwertung darstellte, war »Dunja« gewollt. Zumindest von Dschahid (weil er den Namen lustig fand). »Lasima« hingegen war nur ein dummes Missverständnis.

»Ach komm, nenn sie so! Das illustriert Gottes Hartnäckigkeit mir gegenüber so schön.«

Ich war traumatisiert von der Lampe. Sagte deswegen nichts. Die Hebamme im Krankenhaus fragte mich, wie meine Tochter heissen sollte, und ich sagte: »Lasima.« Als ich ein paar Tage später nach Hause kam, empfing mich Dschahid in der Tür.

»Und, haben sie nach dem Namen gefragt?«

»Ja.«

»Und?«

»Nun, Lasima.«

»Wie, Lasima?«

»Ich habe Lasima gesagt.«

»Menschenskind, verstehst du keinen Humor?«

Dschahid stürzte davon. Tauchte eine Stunde später mit gesenktem Kopf und hängenden Schultern wieder auf. Zu spät. Das Geburtenregister war tabu. Mir bescherte die Geschichte schlaflose Nächte. Der gewagte Name meiner Tochter war mir egal. Aber meinen Fehler, das, was in ihm mitschwang, fand ich schon besorgniserregender. Mein Mann unterwarf mich seinem Willen, unterwarf mich in jeder Hinsicht. Das wurde mir plötzlich bewusst. Es war wie eine Epiphanie, eine dunkle Epiphanie, verdunkelt durch den Schatten meines Mannes. Dieser Schatten war ich.

Ema

Mein Vater schwärmte in dieser Zeit für die Christen. »Die verstehen es zu leben.«

Das stimmte. Wir waren weniger gut darin. Und meine Mutter noch weniger gut als wir. Mein Vater peinigte sie. Warf ihr vor, sie schmiede hinter seinem Rücken Komplotte, betrüge ihn. Er überwachte sie die ganze Zeit. Auf dem Balkon starrte sie tagelang auf den Boden, um keine geschmiert zu bekommen. Einmal goss sie sich sogar heisses Öl ins Gesicht. Danach hatte sie einen roten Kopf wie meine Grossmutter.

»Werde ich jetzt immer noch angeschaut?«

Meine Mutter schmunzelte. Ich habe nie verstanden, warum.

Und dann war ich an der Reihe.

»Wer seine Frau nicht beschützen kann, kann seine Töchter nicht beschützen«, pflegte mein Vater zu sagen.

Nach der Schule zehn Minuten zu spät zu Hause: Gürtel, Beschimpfung. Aber ich knickte nicht ein. Nie. Er schmollte, weil er gegen meine Ausbildung war: Ich ging weiter zur Schule. Er hörte auf, die Gebühren zu zahlen: Ich ging heimlich arbeiten. Auflehnung gegen alles, sogar gegen mich selbst. Gegen meine Weiblichkeit. Mit sechzehn sah ich immer noch aus wie ein Kind. Keine Monatsblutung, weit und breit keine Kurven.

Die gleiche Figur wie meine Grossmutter. Aber sie war wenigstens grösser als einen Meter fünfzig. Ihre Grösse verlieh ihr Gewicht, auf eine männliche Art zwar, aber immerhin Gewicht. Ich mit meinen schwarzen Augen, dem Strubbelhaar eines Strassenjungen, dem Körper eines Streichholzmädchens …

»Warum wirst du nicht zur Frau, Ema?«

Wo soll ich anfangen, lieber Papa?

»Du blockierst mich.«

Er seufzte auf. Sein Blick wanderte zum Fenster in meinem Zimmer. Es war schon spät. Selbst im Sitzen war der Abu gross. Das Licht der Nachttischlampe beleuchtete nur den unteren Teil seines Gesichts.

»Ich erkläre dir, warum ich so bin.«

Er streckte sich neben mir auf dem Bett aus.

»Weisst du, Ema, deine Mutter ist schön. Sie war schon als Kind schön. Weisse Haut, Kurven an der richtigen Stelle und ein Gesicht … Hast du schon oft so grüne Augen wie ihre gesehen?«

Nur einmal. Nämlich bei meiner Grossmutter. Wenn sie mit mir redete, sah sie mir nie direkt in die Augen.

»Deine Mutter ist hübsch. Sie ist hübsch, und vor allem ist sie naiv. Das zieht uns Männer hierzulande an, weisst du. Wir mögen Gänschen, junge Dinger, die keine Ahnung vom Leben haben.«

»Das ist doch idiotisch, Papa.«

»Warte, ich erkläre es dir. Wir mögen sie, weil diese Mädchen uns wenigstens nicht verlassen.«

»Du …«

»Moment, Ema. Hör mir erst mal zu. Ich will damit sagen, dass diese Mädchen nichts anderes kennen als uns, sich nirgendwo sonst umschauen. Sie entfliehen uns nicht.«

»Also steckt einfach Angst dahinter? Du willst …«

»Einen Moment noch …«

Mein Vater legte eine Pause ein. Himmel, die Kleine wieder mal. Wann würde sie endlich den Mund halten, damit er ihr ordentlich die Stellung der Frau darlegen konnte?

»Ich erzähle dir etwas, dann verstehst du.«

Andere Taktik.

»Als ich jünger war, bin ich einmal geschäftlich nach Saudi-Arabien gereist. Deine Mutter liess ich in Obhut eines Cousins zurück, der sich um sie kümmern sollte. Sie war neunzehn, glaube ich. Als ich nach Hause gekommen bin, hat sie mir gestanden, dass sie mit ihm ins Bett gegangen ist. Sie hat mir die Ohren vollgeheult. Für mich war alles aus. An diesem Tag habe ich sie verloren. Die ganze Welt hat sie verloren. Sie ist irgendwie distanziert, unnahbar geworden. Ist mir entkommen. Seither versuche ich, sie wiederzufinden. Doch dazu muss ich sie von den anderen abschotten. Aber auch euch schotte ich ab. Na gut, dich nicht. Bei dir hat das nie funktioniert.«

»Warum erzählst du mir das?«

»Weil du es hören darfst. Du bist verantwortungsbewusst.«

Genau das war das Problem. Die ausbleibende Monatsblutung war nicht einfach eine Frage verspäteter Pubertät. Die ganze Erziehung musste gründlich überdacht werden. Diese Erziehung, die mich für alles verantwortlich machte. Für meinen Vater, meine Mutter, meine Schwestern, meinen Bruder. Das war der Grund, warum mein Körper die Kindheit nicht verlassen wollte.

Was gibt es Verantwortungsfreieres als die Kindheit?

Am Ende der Collègezeit der erste schulische Schock: das *brevet.*

»Identitätskarte!«

»Identitätskarte? Woher soll ich die nehmen?«

Mist, das war vielleicht etwas zu forsch gewesen.

»Ich bin Palästinenserin.«

»Und?«

Wie »und«?

»Ich bin Palästinenserin. Die Sache mit den Personenregistern?«

Alle wussten, dass sie im Krieg verbrannt waren. Dass viele Palästinenser diesbezüglich längst jede Hoffnung aufgegeben hatten. Den Schuldirektor interessierte das nicht. Er verweigerte mir die Prüfungen. Als ich es am Abend meinem Vater erzählte, packte ihn sofort die Entrüstung eines Gelassenen. Dann die eines Patrioten. Meine Geschichte nahm ihn für mich ein. *Die* Geschichte, Palästinas Geschichte, nahm ihn für sich ein. Aber seine Wut brauchte etwas oder jemanden, über das oder den sie sich ergiessen konnte. Mein Vater zielte ganz schön hoch. Der Bürgermeister, der Minister waren ihm zu wenig, sein Angriff galt dem Mutterschiff. Und war von Erfolg gekrönt. Eine Woche später erhielt ich die schriftliche Genehmigung des Präsidenten der Libanesischen Republik, die Abschlussprüfungen zu machen.

Mit dem Diplom in der Tasche stiess ich entschlossen die Türen zum Nirwana auf.

Das Gymnasium.

Adieu Flegeljahre, adieu Einsamkeit, adieu Mogli-Ema, adieu … Auflehnung? Nein. Die Auflehnung blieb. Dieses Feuer war schwieriger zu löschen. Dafür eine erfreuliche Nachricht: Ich war nicht der einzige Hitzkopf. Wir waren etwa zehn Aufsässige, die über Metaphysik und Vorachtundsechziger-Philosophie diskutieren wollten. Eine Schar unreifer Narzissten, die nachmittagelang in kommunistischen Cafés herumhingen und darüber nachdachten, wie man aus sich einen Gandhi, einen Martin Luther King machen konnte, wenn man von der milderen Sorte war, oder einen Malcolm X für die härteren Typen. Die Held für alle spielen wollten. Nicht tun, sondern sein.

Viele Freunde, wenig zärtliche Gefühle. Zweimal. Beide Male nicht wirklich. Jedenfalls erfuhren sie es nie. Beim Ersten lehnte ich mich über unser Balkongeländer. In etwa zehn Metern Distanz schlummerte ein schöner Unbekannter, den Mund an den Bizeps gepresst. Ein Paukenschlag in die Magengrube, dann zwei, dann drei, dann zehn. Und bei jedem Aufprall das Gefühl, ein wenig weiter aus mir herauszutreten.

Der zweite Auserkorene war ein Geschenk der palästinensischen Revolution. Todlangweilig, diese Revolution. Lustigerweise hat eine revolutionäre Gesinnung mitunter wenig mit Revolution zu tun. Ich konnte mich wirklich über alles empören. Aber dieser Aufstand damals, bitte. Übertreiben durfte man es nicht. Er war zu einvernehmlich, zu offensichtlich, zu schön. Ein Ungehorsam, der nicht vorsah, dass man sich in den Platzregen stellte, um melancholisch in den Himmel zu schauen und seine Einsamkeit und das Unverstandensein aufgrund der intellektuellen Leere ringsum zu beklagen – nein, danke.

Nur dass die Revolution sich auf ihr Geschäft verstand. Sie hatte schon unzählige dieser in ihrer Versessenheit aufs Anderssein etwas lästigen Mädchen vorbeimarschieren sehen. So zückte sie ihre Vorzugswaffe: den jungen Rebellen. Ein Monat Gefängnis. In welcher Form kämpfen? Rücken an die Wand, ein Knie hoch, Hände in die Taschen, mutloser und zugleich aufwieglerischer Blick. Das war mit Kanonen auf Spatzen geschossen, mindestens. Allein durch seine Körperhaltung trieb er mich tief in die Revolution. Ich zog durch Flüchtlingslager und trat sogar der kommunistischen Partei bei.

Der nächste Aufbruch: Universität Beirut. Das gewohnte väterliche Zungenschnalzen. Das berühmte maghrebinisch-arabische »Nein«. Der allmächtige Abu war nicht einverstanden. Wieder einmal musste ich einen Ausweg finden. Ich ergatterte ein Stipendium. Bis zur Universität waren es zwei Stunden. Mit dem Geld konnte ich den Bus und die Gebühren bezahlen. Mir war nicht so ganz klar, warum man es mir gewährt hatte. Bei der ersten Vorlesung im Hörsaal wurde es mir klar. Es sah ganz danach aus, als hätte kaum jemand eins beantragt. Die ganze libanesische Jeunesse dorée sass da. Vor allem die Töchter. Diese Töchter, die vor Wohlwollen fast platzten und unsereinen, wenn man den Mund aufmachte, mit grossen Augen anlächelten wie einen Labrador, der einen Stock apportiert. Ich merkte rasch, dass man sich eher bei den Jungs umsehen musste. Sie nahmen mich auch sofort in ihre Reihen auf. Nicht verwunderlich. Ich war nicht so langweilig und empfindlich. Mit meinen Entenfüssen und der antivornehmen Sprechweise jagte ich ihnen weniger Angst ein. Darauf hatte ich es auch gar nicht abgesehen. Ich hatte keine Komplexe. Man durfte drauflosreden und wusste, dass keine Gefahr bestand, mich zu beleidigen.

Einmal rief mir ein Junge vom anderen Ende des Hörsaals zu: »Von welcher Seite soll ich dich nehmen, mein Küken?«

Ich zeigte ihm meinen Mittelfinger und sagte: »Fang mal hier an.«

Ein Mädchen scherte aus diesem stocksteifen Töchterchor aus: Doria. Sie war eine von meinem Schlag. Krieg, Migration, eine Familie, der gegenüber es sich zu behaupten galt … Aber Doria hatte eine Achillesferse: Jungs. Es gab keine Woche, in der sie nicht verliebt gewesen wäre. Einer brachte sie ganz besonders durcheinander. Aus unserem Jahrgang, ein gewisser Sahi. Der Frauenheld. Sie fand ihn irgendwie majestätisch. Richtig aufwühlend. »Von der Art, dass dir schon von einem Zwinkern die Knie schlottern«, sagte sie.

Mir ging er völlig am Arsch vorbei. Er sah nicht übel aus, war aber ein Typ von der faden, properen Sorte. Wie eine Statue.

Ich konnte Doria gegenüber lange von Statuen erzählen, es kümmerte sie nicht. Sie liebte ihn, Punkt. Und mir war es eigentlich egal. Von mir aus konnte sie lieben, wen sie wollte. Aber ganz so einfach war es nicht. Eines Tages reichte Doria meine Gleichgültigkeit nicht mehr.

»Du musst mit ihm reden«, sagte sie.

Zwei Tage später war ich so weit. Sahi ass dreissig Zentimeter von mir entfernt *kibbeh,* in einem Restaurant in der Nähe der Universität. Pech für Doria, wir redeten über alles, nur nicht über sie. Zu meiner Verteidigung: Sahi hatte ein flinkes Mundwerk. Aber er war keiner, der Sprüche riss, um die Leute zum Glucksen zu bringen. Nein, er war ein echter Redekünstler. Einer von der Sorte, die zuerst horchen. Von der Sorte Schlossknacker. Von der Sorte, die in jedem Wort, bei jedem Thema auf ein Klicken lauschen, bis die Sicherung nachgibt. Mein erstes Klicken muss er gehört haben. Ich verzapfte gerade irgendwas über Ernährung, als er mich unterbrach: »Ich arbeite in einer Gruppe der Palästinenserhilfe.«

Volltreffer. Jetzt weiter mit der Familie, und die Sache wäre geklärt.

»Deine Eltern sind Palästinenser, oder?«

Bingo. Aber ich war enttäuscht. Weniger geduldig, weniger taktisch vorgehend, als ich dachte, dieser Sahi.

»Ja. Hör mal, ich muss los, ich habe eine Vorlesung.«

Irgendwann musste ich den Kopf ja aus der Schlinge befreien. Ich mochte Doria. Ausserdem hatte ich damals einen Freund: Safwan. Eine »platonische« Beziehung, wie ich es nannte. Im Grunde hatte ich einfach Angst, mich weiter vorzuwagen. Ende des Jahres fand Doria einen anderen Gott im Olymp, und ich verliess Safwan für Sahi. Nicht weil ich ihn vorzog, sondern aus Not. Safwan hörte nicht zu. Und ich brauchte jemanden, der mir zuhörte. Selbst wenn mich diese Heckenschützen von Eltern einmal gerade nicht überwachten, fühlte ich mich nicht sicher, gelang es mir nicht, glücklich zu sein. Ich brauchte jemanden, mit dem ich reden und bei dem ich mich beklagen konnte.

Ding ding ding! Schlossknacker Sahi steigt in den Ring!

Mir war egal, was er dafür wollte. Solange er nur bereit war, meine ganze Frustration aufzunehmen, solange er zumindest so tat, als hörte er zu …

Es war dringend. Ich war auf bestem Weg, ein Magengeschwür zu entwickeln. Das Glück der anderen schnürte mir die Kehle zu. Schon ein Abend in der Kneipe bereitete mir Bauchschmerzen. Ich war einundzwanzig. Einundzwanzig Jahre alt, und die elterliche Autorität liess immer noch nicht locker. Zwei Leben! Ich führte zwei Leben, konnte aber in keinem frei atmen? Zu Hause Paranoia, Angst, Unnachgiebigkeit. Okay. Das liess sich nicht ändern. Aber ausserhalb der Familie? Überwachte mich etwa jemand im Freundeskreis? Warum fürchtete ich mich dann davor, abends mit in die Kneipe zu gehen? Zigaretten zu rauchen? Zu trinken? Frei zu sein? Stundenlang! Stundenlang plauderte man zwischen zwei Vorlesungen in linken Cafés über Marchais und Deleuze, stundenlang sass man an diesen mit Urin und Aufstand getränkten Orten, lästerte über die Gesellschaft, und wozu? Um mich dennoch jedes Mal wie oben auf einem Sprungturm zu fühlen, wenn mir jemand vorschlug, etwas trinken zu gehen?

Einmal glaubte ich, es gelänge mir, mich zu befreien. Ein Professor liess seine Vorlesung am späten Nachmittag ausfallen, und ein Teil der Klasse beschloss, statt zur Bushaltestelle ins Kino zu gehen. Ich schloss mich ihnen mit kribbelnden Fingerspitzen an. Am Eingang sah ich auf einem Aushang nach, wie lange der Film dauern würde. Er endete gleichzeitig wie die eigentlich vorgesehene Vorlesung. Ich betrat den Saal: Der erste Dominostein fiel. Ein Platz mitten in der Reihe, Spannung pur, beim Hinausgehen Trubel und rundum viel Gelächter, ein hastiger Blick auf meine Uhr.

»Sahi, die Zeit.«

Dreissig Minuten später als erwartet. Mist, wieso denn?

»Der Film hat mit dreissig Minuten Verspätung angefangen, hast du das nicht gemerkt?«

Ich lief zum Bus. Verpasste ihn. Der nächste kam nach dreissig Minuten. Eine Stunde zu spät an der Haustür. Mein Vater schlug mich. Viel länger als sonst. Als er müde war, sagte er: »Setz dich ins Auto, und warte dort auf mich.«

Wir fuhren zehn Minuten. Am Rand eines Olivenhains hielt er an. Er zog seine Pistole unter dem Sitz hervor und richtete sie auf mich.

»Sag mir, wo du gewesen bist.«

Ich sagte nichts.

»Ich töte dich. Und danach mich.«

Ich streckte die Hand aus und schob den Lauf zur Seite, mit einer Miene, als ob er und seine ganzen Drohungen mir völlig wurscht wären. Nur als ob.

»Ich werde nicht so sterben, Papa.«

Am nächsten Tag weinte ich mich in Sahis Armen aus. Als ich ihm von der Episode mit der Pistole erzählte, begann er Ennio Morricone zu pfeifen.

»Du alberst immer im falschen Moment herum.«

»Entschuldige, erzähl weiter.«

»Er hat also die Pistole auf mich gerichtet und gesagt …«

»… ›auf dieser Welt gibt es zwei Arten von Menschen, Ema‹.«

»Hör auf!«

Er lachte ein wenig. Dann runzelte er die Stirn und wurde plötzlich ganz ernst.

»Ich gehe zu deinem Vater. Wenn du mich heiraten willst, halte ich um deine Hand an.«

Er sah mir in die Augen. Streng. Seine Backenknochen zitterten.

»Okay«, sagte ich.

Ein Mittel wie jedes andere, um von alldem wegzukommen.

Zweimal hat er seine Kinder töten wollen. Dieser Lump, dieser Tyrann, dieser Verbrecher.

Nein.

Zu beruhigend, ihn so einzuordnen. Ich habe es gemacht und später verstanden. Habe verstanden, dass jemanden zu verabscheuen bedeutet, sich zu versagen, diese Person zu sein. Je weiter weg ich das Bild meines Vaters schickte, desto stärker fällte ich damit ein Urteil über ihn. Das war einfach, verlieh mir ein Gefühl der Sicherheit. Aber nie für lange. Es war ein bisschen wie früher, wenn ich mir bei einem Horrorfilm die Hand vor das Gesicht hielt. Dabei die Finger immer ein wenig spreizte. Und je stärker ich sie spreizte, umso eher sah ich meinen Vater richtig, umso mehr konnte ich mich an seine Stelle versetzen, umso tolerierbarer fand ich, was er getan hatte. Die Jahre vergingen. Heute verstehe ich ihn. Er war nicht glücklich. War es nie gewesen. Zweimal wollte er sich vor unseren Augen umbringen, aber hinter den Kulissen muss es noch mehr Versuche gegeben haben. Es war dieses hoffnungslos missratene Paar. Jahrelang brachte er jeden Tag vom Aufstehen bis zum Schlafengehen mit der Gewissheit hinter sich, sein Leben wegen der Frau, an die er gekettet war, verkorkst zu haben. Durch die Arbeit konnte er sich ihr entziehen. Aber die Arbeit verlor er, als ich an der Uni studierte. Irgendein Engagement für die Sache der Palästinenser. Auf Verbindungen dieser Art war man in der libanesischen Berufswelt allergisch, sogar im humanitären Bereich. Beim ersten Mal landete er für zwei Nächte im Gefängnis. Beim zweiten Mal entliess ihn der Direktor. Mein Vater war keiner, der auf die Knie ging. Aber er muss ihn angefleht haben wie das Jesuskind (oder vielleicht passender den kleinen Muhammad). Dasselbe tat er auch in einem Brief, den er mir vorlas und den er nach New York an die Vereinten Nationen schickte, um seine Entlassung anzufechten. Es nützte natürlich nichts.

Und damit versank der Abu in Depression. In eine richtige.

Jedes Jahr fuhren die Nachbarn über uns in die Berge. Manchmal gleich für mehrere Monate. Sie händigten meinem Vater die Zweitschlüssel aus. Um die Wohnung nicht leer wirken zu lassen, wegen der Einbrecher. Wenn meine Mutter ihm auf den Wecker ging, also drei Viertel der Zeit, ging er rauf und drehte den Schlüssel zweimal im Schloss. Eine Art Urlaub. Selten blieb er länger als einen Tag.

Aber nach seiner Entlassung schloss er sich für zwei Monate oben ein. Wir stellten ihm die Mahlzeiten auf die Fussmatte und fanden sie immer öfter unangetastet vor. Den ganzen Tag hörten wir ihn lauthals den Koran rezitieren. Die Sache war ernst.

»Ach geh, die Sache ist nicht ernst, hör schon auf.«

»Echt, der bringt sich um, diesmal ist es kein Spass.«

Sahi verdrehte die Augen.

Naïma

Vielleicht hätte die Macht der Gewohnheit uns jener nicht gerade rühmlichen, aber schmerzlosen Lösung entgegengeführt, die das Leben bereithält, wenn man sich der naturgewollten Erschlaffung aller Gefühle willig überlässt.

Marguerite Yourcenar,
Ich zähmte die Wölfin.
Die Erinnerungen Hadrians

»Unser Sohn Sehuan muss sich bei den Fedajin engagieren.«

Mein Mann Dschahid, im Flur unserer Wohnung. Zum ersten Mal, seit er zwei Monate zuvor in die anvertraute Nachbarswohnung raufgegangen war.

»In einem palästinensischen Kommando? Bei den Selbstmordattentätern?«

»Ich selber fahre nach Syrien. Ich will schiessen lernen, um mein Land verteidigen zu können.«

Ich stand mit offenem Mund da. Dann rief ich: »Wie? Du verlässt uns?«

Sein Blick blieb unverändert. Dunkel und entschlossen.

»Dschahid, ich flehe dich an!«

Er ging wieder in die Wohnung hinauf und schloss sich ein. Weinend liess ich mich auf das Sofa fallen. Eine Stunde später schickte ich Dunja mit dem Essen zu ihm – ich wusste, was mich erwartet hätte, wenn ich selber gegangen wäre.

»Er redet«, sagte sie, als sie zurückkam.

»Was redet er? Was sagt er? Was hat er gesagt?«

»Weiss ich nicht.«

»Geh noch mal hoch.«

Sie ging und kam wieder.

»Er rezitiert den Koran.«

»Welche Stelle?«

Bevor sie antworten konnte, erschien Dschahid oben auf der Treppe. Er war ruhig, würdigte mich keines Blickes. Gemächlich steuerte er in seinem Pinguingang den Kleiderständer im Flur an. Nahm eine Jacke und verliess die Wohnung. Ich wartete einen Moment, rannte dann hinauf in die Wohnung. Auf dem Bett fand ich einen Brief. Auf Englisch. Ich konnte kein Englisch, Dunja und Raschad ebenso wenig. Ema war an der Universität, Sehuan irgendwo. Hala! Ich lief barfuss zur Nachbarin, wo sie gerade beim Tee sass.

»Meine Güte, Mama! Das ist ein Testament!«

Ich konnte nichts tun. Nichts. Weder wusste ich, wohin er gegangen war, noch was er ausheckte. So kehrte ich in die Wohnung zurück und wartete.

Um siebzehn Uhr klopfte es an die Tür. Zwei abgekämpft wirkende Männer in Uniform standen davor.

»Sind Sie die Gattin von Dschahid?«

Ja, warum?

»Ja?«

Aus meiner Kehle war kein Ton gedrungen. Sie war zugeschnürt.

»Ja, warum?«

»Wie viele Kinder haben Sie?«

»Sechs.«

Sie sahen einander an.

»Was ist denn los?«

Der Mann rechts ging leicht auf die Zehenspitzen. Er schien mir über die Schultern schauen zu wollen. Ich drehte mich um. Raschad drückte ihre kleine Schwester Lasima fest an sich. Lasima beobachtete uns. Kinder sind hellsichtiger als wir. Sie belügen ihre Emotionen nicht. Wenn etwas traurig ist, sind sie traurig, wenn etwas beunruhigend ist, sind sie beunruhigt. Darüber hinaus nichts. Gar nichts.

»Folgen Sie uns.«

Ich gab Hala ein paar Anweisungen und verliess die Wohnung.

»Hat er Freunde?«

»Nein. Wissen Sie, er arbeitet, kümmert sich um die Pflanzen, liest ...«

»Sie machen sich nicht etwa Sorgen? Ihr Mann hat sich nur verletzt.«

Eine Lüge. Ich wusste, dass es eine Lüge war. Aber ich nahm ihnen alles ab.

»Was für eine Verletzung?«

»Trinkt er?«

»Nein.«

»Ab und zu ein Bier?«

»Er raucht.«

»Was?«

»Tabak.«

»Sonst nichts?«

»Nein.«

»Schulden?«

»Nein.«

Wir erreichten das Krankenhaus. Ich war beruhigt. Beruhigte mich selber. Belog mich selbst. Man zeigte mir das Zimmer. Ich trat ein. Sah. Schaute. Seine Augen. Weiss.

Dschahid war tot.

Ema

»Madame?«

Zwei Polizisten. Ich wusste sofort Bescheid.

»Kommen Sie mit.«

Meine Mutter stand im Eingangsbereich des Polizeipostens. Und schrie sich die Kehle aus dem Hals.

»Ihr Vater hat seinen Chef getötet. Und danach Suizid begangen«, sagte einer der Polizisten.

Ich erwiderte nichts. Worte werfen einen manchmal aus der Bahn.

Sahi und ich fuhren zum Krankenhaus. Daran fast keine Erinnerungen. Zu schmerzlich und deshalb vielleicht zu betäubend. Nur an ein Gefühl kann ich mich erinnern: Alles umschloss mich, aber nichts drang in mich ein. Wie manchmal beim Aufwachen, wenn man die Augen aufschlägt und Umrisse sieht, aber das Zimmer nicht erkennt. Diese Unbestimmtheit der Welt hörte auf, als sich die Türen des Krankenhauses öffneten. In diesem Moment wurde sie von einer anderen, ebenfalls unheimlichen Reaktion abgelöst: einem Krampfanfall. Meine Gelenke zogen sich zusammen, wurden knochenstarr. Ich konnte die Beine nicht mehr beugen, stakste wie auf Stelzen zum Zimmer des Abu. Dort trat ich ein und erblickte seinen Leichnam. Dritte Phase: Erschlaffung. Alles kam raus. Alles.

»Waaaaruuuuuum? Waaaaruuuuuum?«

Ich schluchzte und vor allem: ich schrie. Schrie mir die Stimmbänder in Fetzen, schrie heraus, was mir seit einundzwanzig Jahren in der Kehle steckte, schrie so, wie davor meine Mutter geschrien hatte.

Naïma

Nach dem Begräbnis ging ich an den Ort, wo Dschahid sich das Leben genommen hatte. Zu seiner Arbeit, zur UNESCO. Der Wachmann Georges – ein Freund Dschahids, von dem oft die Rede gewesen war – bemerkte mich. Er eilte aus seinem Pförtnerhäuschen zu mir, um mich zu empfangen. Ich schluchzte.

»Komm.«

Er führte mich zu einer ein paar Meter entfernten Gardenie. »Hier hat er sich umgebracht.«

»Warum? Was ist passiert, Georges?«

»Er hat seinen Chef getötet. Man hatte ihn doch entlassen …«

»Warum?«

»Was warum?«

»Warum hat man ihn entlassen? Wirklich?«

»Darüber weiss ich nichts. Man hat mir nur vom Mord erzählt. Er soll alle Kollegen in das Büro seines Chefs gerufen und gebrüllt haben: ›Nicht für dich arbeite ich, sondern für die UNO!‹ Dann soll er die Pistole gezogen und ihn erschossen haben. Ich habe nur gesehen, wie er hierhergekommen ist. Er hat sich die Waffe an den Kopf gesetzt und abgedrückt.«

Vier Jahre lang bin ich jeden Tag zu dieser Gardenie zurückgekehrt.

Ema

Mein kleiner Bruder wollte die Verantwortung für die Familie übernehmen. Den Mann spielen. Aber er hatte keine Arbeit. Ich war nicht einverstanden.

»Warum?«, fragte er.

»Mehr Jahre auf dem Buckel, Ring am Finger und eine Arbeit, reicht das?«

Keine Lust auf Diskussionen.

Statt zu gesunden, schickte ich mich in den Schmerz. Tragödie und Gewöhnung. Das Leiden wurde zu meinem Schatten. Zog sich hin. Je nach Tageszeit fühlte ich es stärker oder weniger stark. Aber es war immer da, lauerte auf ein Bild, einen Geruch oder Geschmack, um hervorzulugen. Am schlimmsten waren die Fotos. Nichts vermag besser zu demonstrieren, dass ein Mensch nicht mehr da ist. Vor allem aber gab mir nichts deutlicher zu verstehen, dass er einmal da gewesen ist, ausserhalb von mir, da gewesen durch eine Menge Dinge, die nichts mit mir zu tun hatten. Und dass zusammen mit ihm auch all diese Sachen verschwunden waren.

Dass von einem Leben im Grunde nichts übrig bleibt.

Trotzdem, und das ist das Verrückte, ist mir kein bestimmter Tag in Erinnerung geblieben, an dem ich gelitten hatte. Traumata sind merkwürdig. Ich weiss nur noch sehr vage, was auf Dschahids Tod folgte, als ob das so lebendige Bild seines Leichnams mein Gedächtnis vollkommen gesättigt hätte. Ein einziges Mal, erinnere ich mich, war der Schmerz ähnlich. Kundgebung vor der UNESCO gegen den Staatsstreich von Hafis al-Assad, der zwei Tage zuvor die Präsidentschaft an sich gerissen hatte. Syrer griffen die Demonstranten an. Nachmittags klopfte es an meine Tür. Gleiche Umstände wie bei Dschahid.

»Ihr Sohn Sehuan ist verletzt worden.«

Auch dasselbe Krankenhaus. Als ich das Zimmer meines Sohns betrat, hörte ich: »Gott möge dich zu sich holen, al-Assad, Gott möge dich zu sich holen!«

Ich machte einen Freudensprung. Er lebte.

»*Yi!* Die Syrer stehen vor der Tür, und du verfluchst al-Assad? Willst du, dass man uns umbringt?«

Ein Jahr nach dem Selbstmord fuhr ich nach Palästina und informierte meinen Vater über Dschahids Tod. Er informierte mich im Gegenzug über den Tod meiner Mutter. Und wieder einmal musste ich schmunzeln. Mein Vater sagte nichts, vielleicht hatte er endlich verstanden, dass es von den Nerven kam. Doch ich bezweifle es.

»Sie ist in der Küche gestorben, neben einem Topf Kohl.«

Aufs Haar das Gleiche. War sie nicht schon beim ersten Mal gestorben? War sie nicht dicht dran gewesen? Dicht am Rand des Abgrunds?

»Was wirst du zu Gott sagen, Papa?«

Zu gern hätte ich richtig laut gesprochen. Aber ich konnte nicht. Meine grünen Augen wurden wie jene meiner Mutter vom bleiernen Blick des Scheinruhigen erdrückt. Meine Mutter, diese ängstliche, ungeschickte Seiltänzerin. Meine Mutter, die mich noch feige angeschaut hatte, bevor sie in das von Vater gespannte Netz gestürzt war. Sie hatte das Netz gesehen. Hatte durch die Maschen vielleicht auch schon einen Blick auf die gleiche Szene ein paar Meter tiefer erhascht. Einen zweiten Topf Kohl, einen zweiten gespannten Faden und darunter diesmal: Leere.

Meine Tochter Dunja hatte ein enges Verhältnis zu ihrer Grossmutter. Sie litt am meisten unter ihrem Tod. 1972 beschloss sie, nach Syrien zu ziehen. Um zu vergessen. Sie war – von Jamha abgesehen – die Erste, die so weit wegging. Zwei Jahre später wurde sie schwanger und heiratete. Ohne dass ich sie auch nur ein einziges Mal wiedergesehen hätte. Wir Palästinenser waren in Syrien nicht besonders beliebt. Nebenbei bemerkt: auch sonst nirgends. Das empfand auch meine Cousine Basilah so.

»Weisst du, Naïma, ich lebe zwar in Syrien, aber ich wurde in Palästina geboren und bin dort aufgewachsen, glaubst du, ich würde mein Leben nicht lieber dort verbringen? Dort meine Kinder aufziehen? Meinen Mann bekochen? Dort durch die Gassen spazieren? Ich habe alles dafür getan, um in Palästina bleiben zu können. Aber weisst du, Naïma, das verstehen die Politiker nicht. Sie verstehen nicht, dass man auswandert, weil man alles andere schon versucht hat, weil es die letzte mögliche Lösung ist. Sie verstehen es nicht oder tun vielmehr so, als würden sie es nicht verstehen. Die Politiker sind falsche Hunde, Naïma! Falsche Hunde!«

Sie spuckte beherzt aus.

»Habe ich recht oder nicht? Sag, dass ich nicht recht habe.«

Ich mochte Basilah. Sie erinnerte mich häufig an Saïda, in einer weniger fiesen Variante.

»Da, nimm. Statte deiner Tochter einen Besuch ab!«

Sie streckte mir ihren syrischen Pass hin.

»Das klappt problemlos, wir sehen uns ähnlich.«

Ich sah beglückt vom Dokument auf.

»Die sehen sich das Foto gar nicht an.«

»Du meinst, ich soll ihn nehmen?«

»Es kann nichts passieren.«

»Und wenn sie mich ins Gefängnis stecken?«

Sie lachte. »Denkst du, die haben nichts Besseres zu tun? Diese Männer sind trainiert, bewaffnet, werden fürs Töten bezahlt, sie haben weder Zeit noch Lust, sich mit einer Mutter zu beschäftigen, die ihr kleines Mädchen sehen will.«

Die Erwähnung ihres militärischen Ziels verdoppelte meine Befürchtungen noch.

Wieder dachte ich an Saïda und ihre Entschlossenheit. Ich hatte nichts mehr von ihr gehört, seit wir nicht mehr nebeneinanderwohnten. Wo mochte sie sein? Die Gute, wenn sie gewusst hätte, dass ich immer noch so ängstlich war, nach so vielen Jahren …

Ich nahm das Angebot schliesslich widerstrebend an. Am nächsten Tag kaufte ich ein paar Spielsachen und Trinkflaschen für das Kind, das Dunja in sich trug, und rief ein Taxi. Die Fahrt zur syrischen Grenze dauerte lange. Allmählich konnte ich in der Ferne die Kontrollstelle und ringsherum Soldaten erkennen. Ich öffnete das Fenster und atmete einmal tief ein, um mich zu entspannen. Ein Grenzwächter winkte und bedeutete uns anzuhalten.

»Ihre Kundin soll aussteigen.«

»Zuerst muss sie zahlen.« Der Taxifahrer guckte mich böse an. Die Soldaten machten ihn nervös.

»Wollen Sie nicht warten? Vielleicht lassen sie mich …«

»Nein, das kann Stunden dauern.«

Ich wurde blass. Stunden?

Nach dem Bezahlen war der Fahrer offenbar wieder milder gestimmt. Er warf mir einen honigsüssen Blick zu und fuhr davon.

»Ihren Pass bitte.«

Der Soldat wartete. Auch er war einer von der nervösen Sorte. Ich streckte ihm das Dokument hin, er musterte es lange, insbesondere das Foto. Ich verwünschte meine Cousine.

»Ist das Ihr Pass?«

»Ja.«

»Sind Sie sicher?«

Er liess mir keine Zeit zum Antworten.

»Warum schmunzeln Sie, Madame?«

Dieser dämliche Reflex.

»Das kommt von den Nerven, ich hatte das schon als Kind, ich …«

»Sind Sie sicher, dass dieses Dokument Ihr Pass ist?«

Er sah mein Zögern.

Obwohl es nicht mehr nötig gewesen wäre, schob ich nach: »Nein.«

»Zurück in den Libanon!«

»Bitte!«

»Machen Sie schon, keine Widerrede!«

»Ich flehe Sie an.«

»Ich lasse Sie ins Gefängnis werfen.«

»Aber das Taxi ist schon losgefahren, wie soll ich denn nach Hause kommen?«

Er hielt ein Fahrzeug an und beugte sich zur Scheibe hinunter.

»Wohin fahren Sie?«

»Nach Beirut.«

»Nehmen Sie diese Dame mit.«

Ich setzte mich auf den Rücksitz neben zwei Jungen. Beim Aussteigen liess ich die Spielsachen im Auto liegen.

Ema

Nach dem Tod meines Vaters und danach der Mutter meiner Mutter blieb ich fünf Jahre bei ihr. Um einem weiteren Selbstmord vorzubeugen. 1974, als die Dinge sich allmählich beruhigt hatten, ging ich. Aber nicht weit weg. Zusammen mit dem Schlossknacker fand ich eine Wohnung im Beiruter Diplomatenviertel. Wir heirateten. Auf Zypern. Standesamtlich. Im Libanon war das nicht möglich, dort mussten Ehen religiös geschlossen werden, und als Druse hätte Sahi gegen die Regeln seiner Religion verstossen. Zu neunzig Prozent, um zu verhindern, dass seine Familie ihn vor die Tür setzte, zu zehn Prozent aus politischer Überzeugung – ich war damals Sozialistin oder vielleicht auch Kommunistin, was ohnehin auf dasselbe hinauslief – gingen wir also ins Ausland.

Zurück im Libanon: schwanger.

Wut.

Ich hatte geheiratet, um meinen Frieden zu haben, damit man mich endlich in Ruhe liess, um ins Kino und auf Demonstrationen zu gehen, zu lesen, zu trinken, mich in der entstehenden Gegenkultur zu engagieren.

Fehlanzeige.

Schwanger. Schwanger und auf meinen Entenfüssen eine Last, die alles übertraf, was ich bisher hatte schleppen müssen, die so schwer war, dass ich aus dem Gleichgewicht geriet, im freien Fall stürzte, ein für alle Mal auf die von der Universität verheissenen Freiheitsträume hinunterknallte.

Ich war wie eines dieser Flugzeugwracks am verlassenen Flughafen von Baalbek.

Auch Sahi beraubte mich meiner Freiheit. Ich kam damals nicht aus dem Staunen heraus. Jedes Mal, wenn wir abends Gäste hatten, spielte er seine Komödie vom orientalisch geprägten Kommunismus, von der Ebenbürtigkeit der Menschen, der Geschlechtergleichheit, dem Zugang zu allem für alle. Dann pflanzte er, kaum waren wir allein, kaum waren die Gäste weg, seinen Hintern in den Sessel, zündete sich eine Zigarre an und fragte: »Was gibt es morgen zu essen?«

Ich weiss gar nicht, was mich mehr störte. Das Zuviel den anderen gegenüber oder das Zuwenig mir gegenüber.

Zu grosse Ansprüche.

Ich brachte Dara zur Welt. Zwei Kilogramm, Koliken. Drei Wochen lang durchschnittlich zwei Stunden Schlaf pro Nacht. Ich überliess sie meiner Mutter. Das war die richtige Entscheidung. *Abus* Tod quälte meine Mutter. Und im Angesicht des Todes halfen ihr Kinder.

Die Auswirkungen bekam ich bald zu spüren. Dara war bei ihrer Grossmutter zufriedener als bei mir.

Naïma

1976: grosser Aufbruch. Meine Tochter Lasima, die Jüngste, zog aus, um zu studieren. Im selben Jahr kam sie zurück.

»Er heisst Nadir. Ich bin verliebt.«

Das war sie wirklich. So richtig heftig. Der junge Mann gefiel mir sehr. Viril und vor allem: sehr reich.

Nach der Hochzeit verliessen sie das Land in Richtung Dubai, wo Nadir arbeitete. Seit Dschahids Selbstmord waren mehrere Jahre vergangen. Alle meine Kinder waren ausgeflogen, und ich war nun allein. Aber nicht sehr oft. Ema gab mir ihre Tochter Dara in Obhut, ich kümmerte mich um sie. Ich besuchte auch regelmässig meine Tochter Hala.

Jede zweite Nacht schlief Osman – Halas Sohn – bei mir. Amra, Halas ältere Tochter, kam für die andere Nacht. Einmal kamen sie beide nicht. Ihr Ausbleiben ärgerte mich. Und so machte ich, was ich immer mache, wenn ich mich ärgere: putzen. Ich wollte mir die Spinnweben an der Küchendecke vornehmen. Kletterte auf die vierte Stufe der Trittleiter und glitt aus. Bei der Landung knackste mein Bein, gebrochen. Ich rief. Mehrmals. Im Wohnzimmer schepperte etwas zu Boden. Ein Nachbar, Abu Ussama, eilte herbei. Nach ihm traf der Rettungsdienst ein, gleichzeitig mit meiner Tochter Hala.

Als ich mit meinem Gipsbein aus dem Krankenhaus entlassen wurde, war der Krieg im Libanon voll im Gang. Offensichtlich liess die Miliz wieder einmal ihre Muskeln spielen. Pech: Ich wohnte in jenem Viertel, in dem die Kämpfe stattfanden. Meine Wände zitterten jeden Tag. Ich stellte mir oft Dschahid vor, ruhig über mir schwebend, neben den unerreichbaren Vögeln, von denen ich auf dem Balkon unserer ersten Wohnung phantasiert hatte.

Ich beschloss, meiner Tochter Ema und ihrem Mann Sahi zu folgen. Sie waren inzwischen zu Sahis Eltern nach Arsun gezogen, einem etwa dreissig Kilometer von Beirut entfernten Dorf im Gebirge. Als sie von meinem Vorhaben erfuhr, vertraute mir meine Tochter Hala ihren Sohn Osman an.

»Aber verkleide ihn als Mädchen.«

Die Soldaten nahmen alle Jungen fest. Beide Lager waren immer stärker unterwandert. Ehe das arme Kind sich's versah, war es schon mit einem Rock und einem rosa Oberteil ausstaffiert.

»Wer ist das?«

Am Checkpoint richtete ein Soldat sein Gewehr auf Osman.

»Meine Enkelin.«

Er war nicht überzeugt, das fühlte ich. Ich wartete,

mit halb aufgesetzt wohlwollendem und halb besorgtem Blick.

»Sie können gehen.«

Ema

Er war an jenem Kreuzweg angekommen, wo der Mensch kraft eines geheimnisvollen Gesetzes, das ihm vorschreibt, sich zugrunde zu richten oder über sich hinauszuwachsen, seinem Dämon folgt oder seinem Genius.

Marguerite Yourcenar,
Ich zähmte die Wölfin.
Die Erinnerungen Hadrians

Bürgerkrieg. Zu Beginn ist so ein Krieg immer eine lustige Sache. Blinder, engstirniger Heldenmut. Man glaubt, der Geschichte einen Tritt in den Hintern geben zu können. Man glaubt, die Geopolitik der ganzen Region in Brand stecken zu können.

Wir höchstpersönlich und niemand sonst.

Wir sahen schon unsere Namen auf Strassenschildern. Die Palästinenser befreien? Die Christen und Phalangisten besiegen? Syrien aufhalten? Nichts leichter als das! Und wenn man damit sogar noch Geschichte schreiben konnte …

Da wir aber nicht auf den Kopf gefallen waren, merkten wir rasch, dass wir geradewegs auf eine Mauer zurasten. Wir merkten es, als Kamal Dschumblat, der Mann an der Spitze unserer Partei, 1977 umgebracht wurde. An diesem Tag trat die Familienverantwortung dem Heldenmut die Tür ein und schrie: »Mach, dass du wegkommst, sonst rufe ich nämlich das Gewissen, damit es dir was über Waisenhäuser verklickert.« Zwei schöne Jahre, trotz allem. Kundgebungen, Versammlungen, Blockaden … Ich erlangte beinahe jenes Gefühl der Freiheit. Innere Ruhe sowieso.

In der Familie hingegen blieb Ruhe ein Fremdwort. Meine Schwester Lasima hatte sich von einem palästinensischen Maler den Kopf verdrehen lassen, ihn aber nicht über das sexuell-emotionale Stadium hinausbekommen. Dann heiratete sie einen gewissen Nadir und liess Studium und Karriere sausen, um sich in der Rolle der guten Ehefrau wiederzufinden, das Ganze mit, wie ich schon damals fühlte, zwei möglichen Ausgängen: Resignation oder Auflehnung.

Während Nadirs fetter Wanst Lasimas verheissungsvollen Horizont versperrte, erweiterte sich jener meines Bruders Sehuan. Nach den Kundgebungen gegen die israelische Armee und vor allem jener gegen Syrien, wo er drei Kugeln in den Oberschenkel abbekommen hatte, fühlte er sich befugt, es endlich anzuziehen, sein Löwenkostüm, das aus dem Schrank zu ziehen das einzige Männchen unter fünf Weibchen immer gezögert hatte.

Gleiche Geschichte bei meiner anderen Schwester Raschad. Für die potentielle Amazonenkriegerin war die Erfahrung mit Kugeln ein willkommener Vorwand.

Endlich konnte sie sich, das Messer zwischen den Zähnen, in die heilige Jagd auf diese Urmenschen von Israelis stürzen.

Die Erfahrung mit Kugeln und vor allem die Liebe. Wir sassen alle bei meiner Mutter beim Mittagessen, als Raschad plötzlich aufstand und sagte: »Ich habe einen palästinensischen Milizionär kennengelernt.«

Sonst nichts. Totale Stille. Bis sich nach und nach die Rädchen der Familienmaschinerie in Gang setzten. Der Blick meiner Mutter floh zum Baldrian auf der Kommode, meine Schwestern wieherten: »Iiii!« und *»Yi!«*, was für einen stratosphärischen Testosteronanstieg bei meinem Löwenbruder genügte. Er stand auf, reckte die Schultern, blähte den Brustkorb auf und brüllte: »Ich verbiete dir, ihn wiederzusehen.«

Dann setzte er sich wieder hin und widmete sich mit Inbrunst dem Essen.

»Du hast mir überhaupt nichts zu verbieten.«

Wir brauchten Stunden für einen verdammten Kompromiss. Den Schiedsspruch verkündete meine Mutter: »Die Familie akzeptiert diesen Milizionär nur, wenn du ihn heiratest.«

Und noch bevor Raschad etwas erwidern konnte, mobilisierte sie all ihre orientalischen Gesangskünste und stimmte, halb Märtyrerin, halb erbitterte Erzeugerin, eine Aufzählung jedes einzelnen der beinahe koranmässig anmutenden Opfer an, die sie für ihre Kinder hatte auf sich nehmen müssen. Und zur Krönung der Erweckung von Schuldgefühlen ein letzter, endgültiger

Trompetenstoss: »Aus all diesen Gründen darf ich heute den Schlaf der Gerechten schlafen.«

Der Tag der Verlobung kam. Der Milizionär zog die Pistole und schoss zur Feier des Ereignisses in die Decke. Die Kugel prallte an der Wand ab und traf ihn mitten ins Herz.

Er starb.

Ich wusste nie recht, wie ich diese Geschichte erzählen soll. Sie war zugleich gigantisch und so klein. Monatelang Aufregung und Verbote ertragen – was sonst, wenn man einen Milizionär nicht sehen darf? –, dann kommt endlich die Lösung, und eine Minute später ist alles verschwunden.

Ich beschloss, dass es Schicksal oder etwas Ähnliches gewesen sein musste. Dass Raschad vielleicht vor dem glücklichen Ausgang und der damit einhergehenden melancholischen Ernüchterung bewahrt werden sollte. Dass es ihr irgendwie diente, wenn ihre Liebe an der Haltestelle vor der Endstation verblieb. An der Haltestelle Verlangen.

Sicher ist, dass Raschad in diesem Moment zur Märtyrerin wurde. Nicht weil sie litt, weil sie für eine Überzeugung lebte, sondern weil sie einen Anlass hatte, zur Tat zu schreiten. Die ganze Familie dachte wie Raschad. Wir waren alle gegen die israelische Besatzung in Palästina. Dazu brauchten wir keine verirrte Kugel. Aber niemand hatte das entscheidende tragische Ereignis erlebt, auch ich nicht. Wir waren alle potentielle Märtyrer.

Standen schon in den Startblöcken. Nur Raschad hörte den Schuss zu Beginn des Rennens. Als ihr Milizionär mitten ins Herz getroffen wurde, traf es sie an derselben Stelle. Nur dass ihrem Herzen kein Hämoglobin entströmte, sondern ein goldenes, leuchtendes, heiliges, eigensinniges Weissnichtwas. Es war so weit: Sie würde zu den Waffen greifen.

Dara

Die Vorhänge im Wohnzimmer, in dem ich meine ersten Schritte machte, waren gross, schwer und weiss. Wie die Segel der an den Hafenquais verbliebenen opalweissen Schiffe. In den Ecken war viermal dieselbe kleine Holzhütte gemalt, und dahinter, wie ein Pfauenrad, einige Zweige in einem sehr hellen, einem allzu hellen Grün. Zweige, wie man sie als Kind malt, wie gigantische Stängel. Vor dem Haus ein gekippter zweirädriger Wagen in Beige. Die Einzelheiten der Stangen verloren sich im Braun eines Erdhügels.

»Ich bin nicht vier Jahre alt. Ich sollte nicht hier sein. Mein Name ist Mona. Ich muss meine Tochter finden.«

Das war meine erste Begegnung mit der Religion der Drusen. Auf dem Schoss einer alten Dame erzählte ich von meinem früheren Leben. Die Worte kamen mir ganz natürlich über die Lippen. Mit nur vier Jahren hatte ich das Gefühl, in einem fernen Leben Mutter gewesen zu sein.

Ich war bereits den Freuden des Alkohols zugetan. Bei jeder Mahlzeit versammelten meine Eltern eine Vielzahl kultivierter Redner um unseren alten, schweren Tisch, über dem Tag und Nacht altbekannte Phrasen über den Libanon gedroschen wurden. »Unsere Minister taugen nichts«, »Das politische System muss komplett umgebaut werden«, »Wenn ich Präsidentin wäre, würde es dem Land ganz anders gehen, das kannst du mir glauben« – hehre Worte, die zu nichts verpflichteten. Das war der Libanon, und das ist er bis heute.

Grosse Namen der Beiruter Kulturszene löschten an diesem Tisch ihren Durst. Ich interessierte mich allerdings weniger für sie als für das europäische Bier in ihren Händen, dieses kühle, süsse Getränk, das mir ein sanftes Prickeln im Magen bescherte.

Von Mahlzeit zu Mahlzeit optimierte ich meine Strategie. Sobald ich sah, dass in einem Redner Empörung aufflammte und vor ihm ein beinahe leeres Glas stand, schlüpfte ich zu ihm. Er sprang unweigerlich von seinem Stuhl auf, um mit so lautstark verkündeten wie inhaltsleeren Floskeln eine politische Meinung zum Besten zu geben. Ich für meinen Teil wartete geduldig, bis sein Körper Empörung zum Ausdruck brachte, bis seine Hände und Finger dem Glas gefährlich nahe kamen, und sobald der Abstand mir genügend gering schien, strahlte ich meine Mutter, Ema, wohlwollend an und griff nach dem Glas. Ihrer Dankbarkeit gewiss – wieder einmal hatte die kleine Vierjährige sie vor einer häuslichen Katastrophe bewahrt –, spazierte ich mit dem Gral zum Waschbecken. Nach einem diskreten Blick über meine Schulter, um sicher zu sein, dass die tagtägliche Parodie der *Politeia* Platons noch im Gang und die Zuschauer davon nach wie vor gefesselt waren, stürzte ich dann den Rest des Biers hinunter.

Wenn es kein Thema mehr gab, über das man sich empören konnte, verliessen wir das Theater und gingen ins Kino. So sahen wir einmal Federico Fellinis *Roma.* An diesem Abend gelang mir, was ich bis heute als eine der absoluten Glanzleistungen meines Lebens betrachte: mir zehnmal nacheinander den letzten Schluck Bier hinter die Binde zu kippen. Ich wurde zu einer vom Wind herumgewirbelten Plastiktüte. Fiel in mich zusammen, zerknitterte, segelte davon und stürzte wieder ab, gelenkt vom Adrenalin oder von der Müdigkeit.

»Dara!«

Etwas hob mich an. Ich fühlte, dass meine Wange gegen eine Schulter gequetscht wurde. Am Boden scherten Füsse diagonal aus.

»Eine Ente?«, fragte ich.

Ema ging an ihren Platz zurück und nahm mich auf ihren Schoss. Am nächsten Tag erfuhr ich, dass ich vor der riesigen Leinwand getanzt hatte.

Durch meinen wie üblich stolzen Vater bekam ganz Beirut Wind von meinen erstaunlichen Fähigkeiten, Alkohol zu trinken. So wurde ich im Laufe der Wochen zu einer Attraktion, als freakige Tochter und, so verstehe ich es, fleischgewordenes Symbol einer femininen Männlichkeit. Für mein Ego war diese Zeit natürlich grandios. Manchmal tauchten Unbekannte bei uns auf, um mich zu treffen und mit Komplimenten zu überhäufen.

Aber dann kam der Moment, in dem dieses Übermass an Bewunderung zu bröckeln begann: Mein kleiner Bruder Madschid wurde geboren. Ich musste meine Divarolle aufgeben und mich mit bestenfalls einer Statistenrolle begnügen.

Das Bad. Nichts brachte meine Unwichtigkeit deutlicher zum Ausdruck. Das Bad war nichts Geringeres als der göttliche Olymp aus der Froschperspektive. Das Bügelbrett, diese riesenhafte goldene Giraffe, deren Beine den Altar des Kindgottes in die Höhe hoben, die weisse Wanne mit dem schimmernden hohen Rand, in der mein Bruder friedlich planschte … Von meiner Grube aus gesehen war der Anblick würdelos, moralisch verdammenswert. Angestrengt ersann ich Vorwände, vom Verschlucken an einem Bissen bis hin zur Migräne, um in diesen Momenten des Weggleitens das Interesse auf natürliche Weise wieder auf mich zu ziehen. Dann verlegte ich mich auf Ablenkung. So trat ich eines Tages, als Ema wieder einmal dabei war, ihren Harpokrates zu taufen, zu ihr und streckte ihr eine Haarspange hin.

»Ema, steckst du sie mir bitte ins Haar?«

»Nicht jetzt, Dara. Habe gerade Wichtigeres zu tun.«

Was meinte sie damit? Meinen Bruder zu baden? Doch nicht im Ernst?

»Was ist denn gerade wichtiger?«

»Dara! Ich bade deinen Bruder, *khalass!*«

Khalass, es reicht? Wie absurd, hielt sie es tatsächlich für wichtiger, meinen Bruder zu baden? Wichtiger war doch, mir die Spange ins Haar zu stecken. Daran bestand kein Zweifel. Wahrscheinlich meinte sie es als Scherz.

»Ema, bitte, die Haarspange.«

Sie seufzte und liess sich vom Reich der Götter zu mir herab. Dabei versetzte sie dem Thron mit ihrer Schulter einen Stoss, wodurch dieser ins Schwanken geriet und herunterkippte. Unter dem Geschrei seiner Kurtisane fiel mein werter Bruder zu Boden. Er wurde vom Teppich aufgehoben und in ein anderes Zimmer verbracht. Was mich betraf, stand ich wie versteinert da, bis ich Emas schwere Schritte wieder näher kommen hörte und auf der Türschwelle ihre Entenfüsse erblickte. Zitternde Augenlider waren das erste Anzeichen meiner Wiedererweckung zum Leben. Selbstredend flatterten sie vor Angst. Nicht ohne Grund: Mir blühte eine Bestrafung. Das war sicher. Nichts brachte die Frauen in unserem

Land leichter in Rage als die Angst um ein Kind. Ema kauerte sich zu mir herunter und fasste mich am linken Arm. Meine Augen gingen sozusagen von selbst zu. Ich wartete. Fühlte, wie eine Hand sich sanft auf meinen anderen Arm legte. Hob die Lider. Wenige Zentimeter vor mir sah ich Emas nachtdunkle, matte Augen.

»Ich will dir etwas erzählen, Dara. Eine Geschichte, die mir meine Mutter erzählt hat, als ich noch ein Kind war. Die Geschichte von einem Mann, der einmal grossen Durst hatte. Er trat in ein kleines Dorf am Weg und bat um Wasser. Das war im Dorf meiner Urgrossmutter …«

Ema

Während meine Schwester Raschad mit Tiefsinn in Berührung kam, klebte ich am Grund fest. Stabilität auf allen Ebenen. Beruflich – ich hatte eine Stelle als Buchhalterin bei der Internationalen Arbeitsorganisation ILO gefunden –, politisch, der Krieg beruhigte sich, vor allem aber familiär. Diesbezüglich war die Lage so stabil, dass daraus ein zweites Kind wurde: Madschid.

Auch Dara ging es gut. Wie schnell sie wuchs, die Kleine … Kaum acht Jahre alt und hatte schon Kurven, Körperhaar, Zentimeter. Und vor allem Köpfchen. Madschids Ankunft war für sie anfangs eine echte Ungerechtigkeit. Der Klassiker. Sie verstand nicht, dass man sich mehr für ihren kleinen Bruder interessierte als für sie. Aber sie nahm es bald mit Vernunft. Einer Erwachsenenvernunft. Sie machte ohnehin schon alles wie eine Erwachsene. Reden, nachdenken, sich empören … Sahi war von ihr fasziniert. Dara beeindruckte ihn. Vielleicht gab sie seinem Leben sogar eine Art Sinn. Einen Sinn, den er in unserer Beziehung nicht ausmachen konnte.

Dara

Der Humor meines Vaters ging oft mit allgemeiner Betretenheit einher. Wobei ich mich frage, ob ihm diese Stimmung voller Unausgesprochenem und zögernder Blicke nicht ohnehin mehr Vergnügen bereitete als das Lachen selbst. Wenn denn überhaupt gelacht wurde, was nicht immer der Fall war. Manchmal lachte ausser meinem Vater niemand. Ich erinnere mich noch gut an einen Tag, an dem nicht einmal er selbst lachte. Wir waren unterwegs auf einer der vielen gewundenen Strassen, die ins Gebirgsdorf Arsun führen. Davor hatten wir meine Grossmutter nach Beirut gebracht, wo sie nach einer (leider nur wenige Monate währenden) Unterbrechung der Auseinandersetzungen wieder zu wohnen beschlossen hatte. Der erste Schnee des Winters erschwerte das Fahren, wie ich am ernsten Blick erkannte, mit dem mein Vater jede Kurve der Strasse bedachte.

Plötzlich schlug etwas Schweres gegen die Windschutzscheibe. Ein Schneeball. Beidseits der Strasse hatten Kinder Gräben angelegt, von denen aus sie ihre Geschosse abfeuerten. Als wir die Kampfzone schon fast hinter uns gelassen hatten, knallte ein letzter, besonders kompakter Schneeball dumpf gegen die Scheibe und liess sie erzittern. Mein Vater zog sofort die Handbremse, stieg unter dem Gehupe und Geschimpfe der Fahrer hinter uns aus dem Auto und steuerte auf den kleinen Missetäter zu. Hob ihn hoch und verfrachtete ihn, wie ich von meinem Platz aus zu sehen meinte, in den geöffneten Kofferraum. Dann klappte er diesen zu, setzte sich ans Steuer und fuhr wieder los.

»Papa, halt an! Halt an!«

Keine Reaktion. Ich packte ihn am Arm.

»Papa! Möchtest du in einen Kofferraum eingesperrt sein, ohne Luft und Licht? Zum Spass? Fändest du das lustig? Wie kann dir das Leiden anderer bloss so egal sein, Papa? Warum stellst du dir nicht vor, du wärst an ihrer Stelle?«

Mein Vater fuhr noch zwanzig Minuten weiter, bevor er ruhig sagte, der Kofferraum sei leer. Dabei lächelte er noch nicht einmal.

In Beirut lebte meine Grossmutter gleich neben einem Lager für palästinensische Flüchtlinge. Dieses vor sich zu sehen und zu wissen, dass sie nicht dazugehörte, machte sie glücklich. Sie sagte oft zu mir: »Das Leben neben den Zelten ist das wahre Baalbek.« Ich habe nie verstanden, warum.

Meine Grossmutter war in eine Wohnung mit direktem Zugang zum Garten gezogen. Ich erinnere mich an einen prächtigen Jasmin mitten auf einem kleinen, trockenen Rasenstück. An seine grossen Blüten aus weissem Krepp und deren goldenes Herz.

»Er heisst Jamha.«

Meine Grossmutter stand hinter mir, die Hände auf dem Rücken verschränkt. Ihr Blick war ganz im Bann der Schaukel im Garten.

»Warum Jamha? Was bedeutet das?«

Sie lächelte, aber mit einer gewissen Unruhe in ihren schönen grünen Augen.

In diesem Garten spielte ich nachmittagelang mit meinen Cousins. Dort wurde mir auch bewusst, dass ich ein privilegiertes Kind war, und zwar dank eines Symbols, das trivialer nicht hätte sein können: eines PEZ-Bonbonspenders. Sobald ich meine schmale gelbe Box mit dem Katzenkopf hervorzog, las ich in den Blicken meiner Cousins im besten Fall Begehren, im schlechtesten Feindseligkeit. Wir gehörten nicht derselben Welt an. Meine beiden Eltern hatten studiert, arbeiteten bei den Vereinten Nationen, mein Vater war nicht Palästinenser, sondern Libanese – wer wäre da nicht neidisch geworden, wenn man all diese Dinge selbst nicht hatte?

Doch mein Leben lang machten mich Freundschaften und Liebesbeziehungen in diesem Umfeld der Bescheidenheit glücklich. Es war das Umfeld meiner Grossmutter und dadurch das meiner Bohèmekindheit. Meine Eltern wollten mich selten bei sich haben, sie vertrauten mich oft dieser sanften Frau und dem Viertel an, in dem zu wohnen sie das Glück hatte, diesem Arbeiterviertel, wo aus jedem Lächeln auf der Strasse Hellsichtigkeit, Mut und Wohlwollen sprachen. Meiner Grossmutter mangelte es nur an Mut, was aber ihr Wohlwollen wettmachte.

Meine Obsessionen, einschliesslich der Liebe, die ich ihr entgegenbrachte, betrachtete sie so sorglos wie amüsiert. Ich liebte diese Frau nicht wie ein Kind, sondern wie eine Erwachsene. Liebte sie eifrig und ängstlich. Wenn es Abend wurde, fragte ich sie jedes Mal, wann sie aufzustehen gedenke. Ich wollte sie vor einem Versäumnis, ihre Seele vor unbedachten Spaziergängen bewahren. Sobald ich es wusste, hoffte ich mit aller Kraft, meine Augen am Morgen gleichzeitig wie sie aufzuschlagen, um sie im Fall der Fälle, sollte sie es nicht selber schaffen, aus dem Nichts herauszuführen.

Für diese Notwendigkeit, synchron aufzuwachen, gab es einen zweiten, ebenso obsessiven Grund: Zuneigung. Ich erinnere mich, wie wir uns im Frühling morgens nebeneinander auf die Terrasse setzten. Im Garten zogen die ersten Farben des Tages über die Zweige und sättigten Blüten, Gewächse, den Jasmin »Jamha«.

Manchmal nahm mich meine Grossmutter in den Arm, und dann schlief ich nochmals ein wenig, in völligem Frieden, einen zarten, behüteten Schlummer.

Bald war mir dieser Frieden jedoch nicht mehr genug. Ich hatte das Bedürfnis, auf eine andere Weise als durch Umarmung zu erfahren, was meine Grossmutter für mich empfand. Diese uneingeschränkte Liebe musste unbedingt auf Gegenseitigkeit beruhen. Mit solchen Dingen scherzte man nicht.

Meine Eltern brachten mich freitags zu meiner Grossmutter und holten mich am nächsten Tag wieder ab. Ich kann mich jedoch an einen Samstagabend erinnern, an dem dieses Ritual anders als vorgesehen ablief. Zwölf Stunden nach meiner morgendlichen Glückseligkeit streckte mein Vater mir die Hand entgegen und forderte mich zum Aufbruch auf. Ich weigerte mich mitzugehen.

»Komm schon, Dara.«

Glücklicherweise hatte ich einen Teil des Tages damit verbracht, mir eine schlagfertige Antwort auszudenken. Ich sagte: »Papa, ich möchte, dass du mir zuhörst. Es ist wichtig. Ich komme nicht nach Hause. Mein Platz ist hier, bei Grossmutter Naïma.«

Mein Vater brach in schallendes Gelächter aus: »Naïma, hast du gehört? Sie redet wie eine Botschafterin!«

Meine Grossmutter blieb stumm. Sie lächelte, aber wieder einmal lag in ihrem Blick die bekannte Unruhe. Schliesslich verlor mein Vater die Geduld.

»Komm schon, lass uns gehen!«

»Nein, Papa, ich habe mich entschieden. Hier bin …«

Bevor ich mich erklären konnte, legte sich seine Hand auf meinen Unterarm und zog daran.

»Lass mich los! Hör auf, Papa, hör auf! Lass mich los!«

Ich kreischte, schlug um mich, biss und erreichte schliesslich die Reaktion, auf die ich, seit mein Vater die Wohnung betreten hatte, heimlich gewartet hatte. Er hob mich hoch, platzierte mich auf dem kleinen Esszimmertisch, vergewisserte sich, dass ich gut sass, holte dann aus und pfefferte mir mit seiner riesigen Hand eine mitten ins Gesicht. Mein Gedächtnis entschied sich für nur drei Erinnerungen an diesen Moment: Übelkeit, ein geheimnisvolles Versprechen an mich selbst, nicht aufzuhören zu weinen, und die von meiner Grossmutter gekreischten Worte. Sie waren noch viel schöner als erhofft. Als seine schwere Pranke auf meine Wange traf, wetterte sie: »Gott möge dir die Hand brechen!«

Mein Vater schien diese Verwünschung nicht zu hören. Aber ich hörte sie, ich hörte sie so deutlich, dass ich schmunzeln musste, wie meine Grossmutter, wenn sie sich fürchtete. Es war mir gelungen. Endlich hatte ich dieses Unterpfand der Liebe, den Beweis für die unbedingte Liebe meiner Grossmutter zu mir.

Bei meiner Grossmutter träumte ich, bei meinen Eltern hatte ich Albträume. Geprägt haben mich nur die Albträume. Wie die Phantasie vieler Kinder wurde auch die meine vom Dunkel und damit von allen möglichen Lücken und Zwischenräumen genährt. In meinem Zimmer bildeten zwei schlecht zusammengebaute Schranktüren, die in der Mitte nicht bündig aufeinandertrafen, einen schmalen Spalt. Dieser auf Nachlässigkeit zurückzuführende Zwischenraum erwies sich als eine wahre Büchse der Pandora. In den paar Zentimetern Leere erblickte ich die verrücktesten Szenen, eine der prägendsten war ein Dschungel, in dem Krokodile und Schimpansen mit blutigen Pupillen einander unablässig fragten, ob ich da sei. In einer anderen steckten verschwörerische, Grimassen schneidende Liliputaner die Köpfe zusammen und stritten darüber, welcher Tod mir blühen sollte.

All diese Albträume existierten nur wegen dieses Zimmers, und heute existiert dieses Zimmer nur noch wegen dieser Albträume.

Ema

Juni 1982. Wiederaufflammen des Krieges. Es ist eine komische Sache mit dem Libanon, andere Länder beschliessen systematisch, über ihn herzufallen.

Diesmal wollte die israelische Regierung die sich unter der Zeder versteckenden Palästinenser vertreiben. Ein von den syrischen Streitkräften rasch erfüllter Traum. Nicht nur von ihnen, sondern auch von den palästinensischen. Die palästinensischen Streitkräfte und ihr berühmtes diplomatisches Verhandlungsgeschick. Die palästinensischen Streitkräfte, die phantasievollerweise die ganze Region zu ihrer und allein ihrer Angelegenheit erklärten. Der ganze Westen des Nahen Ostens gehöre ihnen. Somit auch der Libanon.

Der Dagobert Duck Saudi-Arabiens liess den palästinensischen Milizen riesige Geldsummen zukommen. Das lag in seinem ureigenen Interesse. Die Kämpfe mussten am Laufen gehalten werden, wenn er schwächen wollte, um danach besser herrschen zu können. Die Milizen hatten die glänzende Idee, den Geldsegen für die Kontrolle des Libanons einzusetzen. Das beste Mittel, um einen Zufluchtsort zu verlieren: Der Libanon warf alle palästinensischen Milizen aus dem Land.

Sahi arbeitete damals bei der Wirtschafts- und Sozialkommission für Westasien ESCWA. 1982 verlegte diese ihre Büros in den Irak. Da man dort unmöglich selbständig hinfahren konnte, ohne sein Leben aufs Spiel zu setzen, wurden wir evakuiert. Von amerikanischen Marines (nicht übel!) nach Zypern evakuiert, dann von Zypern nach Bagdad.

Bagdad war wie ein fertig espieltes Tetris. Ohne jeglichen Platz für irgendetwas von aussen, etwas Neues. Nachrichten aus der Welt, Nachrichten aus den Nachbarländern, alles bekam an der Grenze einen kräftigen Tritt in den Hintern verpasst.

Nichts über die Weltlage zu erfahren war natürlich nicht nach meinem Geschmack. Umso mehr als meine Mutter, mein Bruder und meine Schwestern im libanesischen Granatfeuer lebten. Sie konnten mich am Telefon lange beschwichtigen, ich hörte die Detonationen im Hintergrund ja doch.

Im Laufe des Sommers 1982 erzielte man in Beirut eine Einigung. Ich eilte zurück zu meiner Familie. Sahi blieb in Bagdad.

Dara

Bis etwas geschieht, was eigentlich nicht geschehen kann.

Machmud Darwisch,
Ein Gedächtnis für das Vergessen

Wegen Ema und meinem Vater musste ich während des ersten libanesischen Bürgerkrieges, der 1975 begonnen hatte, Beirut Richtung Arsun verlassen. Ihretwegen musste ich während des israelischen Feldzuges von 1982 den Libanon Richtung Bagdad verlassen. Als wir von Bagdad in den Libanon zurückkehrten und uns erneut ein Krieg bedrohte, ging ich wie selbstverständlich davon aus, dass wir ein weiteres Mal fliehen würden.

»Keinen Fingerbreit werden wir zurückweichen, Dara. Man kann nicht ein Leben lang immer nur Reissaus nehmen. Wir bleiben, wo wir sein wollen, und sind stolz darauf.«

Daran hielten wir uns. Gegen Ema lehnten wir uns ohnehin nur selten auf. Trotz ihres Schwimmvogelgangs hatte sie etwas Unbezähmbares, Unangreifbares an sich.

Wir fristeten unser Dasein im Libanon, in Beirut, bis der Krieg auch uns erreichte, das Botschaftsviertel ansteckte und zum Faulen brachte, passend untermalt von der militärischen Geräuschkulisse, dem Rasseln von

Panzerketten, jenem rauen, metallischen Klang, der für mich bis heute mittelalterliche Foltermethoden evoziert.

Eines Mittags, als wir gerade mit ein paar spontan eingeladenen Freunden meiner Eltern am Tisch sassen, sahen wir vom Balkon aus Panzer in unsere Strasse einfahren. Auf Anraten einer Frau, deren Name mir entfallen ist, liefen wir ins Badezimmer. Warum ausgerechnet dorthin, weiss ich nicht. Dafür weiss ich noch, dass Ema rausging und kurz darauf mit einem grossen, rauchenden Loch in ihrem Kleid wieder in der Tür erschien.

Ema

1983.

Dara drückte sich ein paar Jahre später in einer Klassenarbeit so aus: »Zu einem Libanesen ›1983‹ zu sagen ist das Gleiche, wie zu einem Franzosen ›1515‹ zu sagen, nur kommt eine gewisse Wahrscheinlichkeit dazu, dass die Person dabei war.« Es war Krieg, diesmal richtig. Das war kein Spiel mehr. Im Oktober beschloss die libanesische Armee aufzuräumen. Mit den christlichen Milizionären, den islamischen Milizionären und allen anderen, die im Weg standen. Sogar die Botschaftsviertel wie Beirut-Nord, wo wir lebten, gerieten ins Visier, weil man die hübschesten Exemplare zutage fördern wollte. Die Soldaten gingen bei ihrer heilbringenden Suche nach dem *militianus rarus* fast archäologisch vor. Tag und Nacht durchkämmten sie sorgfältig jedes Café, jeden Wohnblock, jeden Keller.

Diplomatische Immunität hilft sehr. Aber wenn ein ganzes Viertel in Trümmern liegt, wird sich derjenige, der eine Granate auf den letzten Wohnblock werfen will, nicht unbedingt fragen, ob sich darin internationale Beamte aufhalten. Und wegen der verirrten Kugeln musste man ohnehin die Augen offen halten. An all diese Gefahren denke ich erst jetzt. Im Moment selber bemühten wir uns nicht sonderlich, uns zu verstecken.

Wir luden nach wie vor Freunde zum Essen auf den Balkon ein, selbst wenn ziemlich in der Nähe Schüsse zu hören waren. Einmal richtete ich ein grosses Essen aus. Da sahen wir einen Panzer in unsere Strasse einbiegen.

»Ein Panzer«, rief ich empört, »da haben wir's! Ein weiterer Beweis für die Einfalt dieser Regierung, die keine Verantwortung übernimmt. Typisch! Typisch, dass sie …«

»Ins Bad!«, sagte Dominique.

Dominique war eine Freundin aus Studienzeiten. Eine Gigantin von eins neunzig, die immer geblümte, segelartig wallende Röcke trug und unter den Sandalen weisse Socken. Sie enthaarte sich nicht. Ich bin Feministin, pflegte sie zu sagen. Meistens ungefragt. Ihre Äuglein hinter der runden Brille blickten rastlos in alle Richtungen. Stupsnase, kaum ein Ansatz von Mund, ganz Typus Eule. Anfangs interessierte sich niemand besonders für sie. Aber das änderte sich. Man begann Dominique zuzuhören. Weil man gemerkt hatte, dass sie immer recht hatte.

Der Beweis: die Sache mit dem Bad. Der einzige Raum, in dem die Wände durch Leitungen verstärkt sind. An diesem Tag pferchten wir uns zu vierzehnt hinein. Ich sah meine zwischen Olivenbäumen versteckten Eltern vor mir und liess die Gedanken schweifen. So verging die Zeit schneller. Aber schliesslich begann ich mich doch zu langweilen. Ich erhob mich und wollte nachsehen, ob die Armee unsere Strasse endlich durchfahren hatte.

»Ema!«

Ich drehte mich um. Dominique sah mich durch ihre dicke Brille an.

»Was?«

»Wo zum Teufel willst du hin? Bist du verrückt oder was?«

»Ich will nur kurz nachsehen, ob die Armeefahrzeuge noch da sind.«

Sie raunzte etwas, aber ich hörte nicht zu. Ohne mich gross zu verstecken, trat ich auf den Balkon. Streckte den Kopf über das Geländer. Ein Zischen und Bersten. An der Rückwand des Balkons trat Rauch aus einem grossen Einschlagloch. Ich fühlte Kälte am Oberschenkel. Sah hin: ein Loch im Kleid. Unten das Klicken einer Waffe, die neu geladen wurde. Wie ein Zicklein hüpfte ich zurück. Rettete mich ins Bad.

Am nächsten Tag lud ich Dominique auf einen Kaffee ein.

»Du musst weg, Ema.«

Wir sassen zusammen im Wohnzimmer. Ich schaute in den Himmel und liess die Zunge am Gaumen schnalzen. Wie der Abu. Weggehen? Das kam nicht in Frage. Meine Mutter war hier, meine Freunde waren hier, mein Land war hier.

»Und deine Kinder?«, sagte sie.

»Der Krieg wird vorübergehen.«

Und bis dahin musste man wenigstens kämpfen. Nicht fliehen, sondern bleiben und den Soldaten zeigen, dass sie hier nicht zu Hause waren.

»Dominique, wer soll das Land retten, wenn …«

Sie hob den Zeigefinger. Hielt ihn ans Ohr und legte den Kopf schief. Schritte im Treppenhaus. Schwere Schritte.

»Das Militär macht eine Razzia«, sagte sie.

Ein Knirschen und dann ein lauter, dumpfer Aufprall. In den unteren Stockwerken wurden Türen aufgebrochen. Dominique schnappte sich die Kinder und verliess die Wohnung. Im Treppenhaus blieb sie stehen.

»*Chou,* Ema? *Yalla,* komm schon!«

Es gab eine Möglichkeit, auf das Dach zu gelangen. Was kein Soldat je entdeckt hatte. Wir flüchteten uns bei jeder Razzia dorthinauf. Diesmal rührte ich mich nicht. Ich hatte es satt, mich zu verstecken, beim geringsten verdächtigen Geräusch wegzulaufen. Man wollte mir an den Kragen – sollten sie doch kommen und die Sache erledigen.

»Ema!«

»Geh mit den Kindern rauf.«

Die Soldaten setzten ihren Aufstieg fort. Brachten die Wände zum Wackeln. Dominique nahm Dara und Madschid und rannte los. Ich schloss die Tür. Wartete. Die Schritte wurden deutlicher. Bis sie auf einen Schlag verstummten. Die Männer waren da, direkt hinter der Tür. Ich hörte sie flüstern. Einer von ihnen warf sich gegen die Tür. Sie kippte mir vor die Füsse. Auf der Schwelle: fünf Männer. Sie wirkten überrascht, dass das Holz nachgegeben hatte. Der Kleinste der Gruppe trat näher. Er hatte gigantische, über seinen schwarzen Knopfaugen zusammengewachsene Augenbrauen. Es sah aus wie eine radfahrende Raupe.

»Konfession?«

Ich blieb stumm.

»Kommen Sie mit!«

Ich rührte mich nicht.

»Haben Sie gehört, was ich gesagt habe?«

»Ja.«

»*Yalla,* kommen Sie.«

»Nein.«

»Wie, nein? Kommen Sie, los!«

»Ich komme nicht mit.«

Er drehte sich um und sah seinen Trupp an. Dann wandte er sich wieder mir zu und zielte mit der Maschinenpistole auf meinen Kopf, schön zwischen die Augen.

»Ich arbeite für die Vereinten Nationen«, flüsterte ich.

»Deinen Ausweis!«

Ich streckte ihn hin. Er stopfte ihn in die Brusttasche.

»Und wenn ich sage, dass ich es nicht wusste? Du bildest dir doch nicht ein, dass ich deswegen auf die Schnauze fallen würde?«

Er hatte recht. Viel riskierte er nicht, wenn er mich kurz mal um die Ecke brachte. Der Gewehrlauf kam näher, bis er meine Nasenspitze berührte. Der Mann schaute mir direkt in die Augen. Das war ein Gewohnheitstäter. Er hatte schon getötet, das fühlte ich, er hatte schon oft getötet. Meine Knie zitterten. Der Magen krampfte sich zusammen. Die Sache war ernst. Dieses Schwein würde es tun, würde mich töten. Mich töten!

»Ich komme morgen noch einmal vorbei. Wenn du dann noch da bist, jage ich dir eine Kugel in den Kopf.«

»Du musst weg, Ema.«

Diesmal war es Sahi.

»Er kommt nicht mehr, da bin ich mir sicher.«

»Und wenn er doch kommt, was machst du dann? Lässt dich abknallen?«

Seine Wut steigerte sich um eine Stufe. Die Stimme knisterte im Telefon.

»Das ist verantwortungslos, Ema, verantwortungslos.«

»Du verstehst mich nicht.«

»Du hast kein Recht, die …«

»Sahi, es ist einfach so. Ich kann nicht weg, es geht nicht! Ich kann nirgendwo anders leben als im Libanon! Hierher gehöre ich! Hierher!«

Stille.

»*Ya Allah* … Aber … was ist mit den Kindern?«

Die Kinder? Um sie sorgte er sich zum ersten Mal.

»Ich will mit ihnen reden.«

»Und was willst du ihnen sagen?«

»Ich bin ihr Vater. Ich sage ihnen, was ich will.«

»Red nicht über diese ganze Sache.«

Ich rief nach Dara und Madschid. Keine Antwort. Legte den Hörer hin, hörte ihre Stimmen wie durch Glas. Dann riss ich die Augen auf. Der Balkon!

Sie waren draussen. Dara zog Madschid am Arm, um mit ihm reinzukommen. Ich wollte gerade die Schiebetür öffnen, als Madschid sich losriss und zum Geländer rannte. Ein Zischen. Bröckelnder Gips schneite auf ihn herab. Er schaute an die Decke. Dann blinzelte er mich an. Über seine Wange lief ein dünner roter Strahl.

Im Bad wollte ich die Wunde desinfizieren, aber Dara und Madschid waren zu sehr damit beschäftigt, einander mit Wasser zu bespritzen. Sie machten alles nass. Ich hätte sie ausschimpfen müssen. Aber in diesem Moment schaute ich ihnen einfach zu. Schaute ihnen lange zu.

Dann lächelte ich.

Dann lachte ich.

Dann weinte ich.

Und damit war die Sache erledigt. Auch bei mir war endlich der Groschen gefallen. Wie meine Schwester Raschad begriff ich, dass in Sachen eigene Bedürfnisse, Wünsche und Ambitionen manchmal andere das letzte Wort haben. Es war Zeit aufzubrechen. Mit den beiden durchnässten Wesen vor mir aufzubrechen.

So wie Raschad für ihren neuen Mann den Kampf gegen die Zahal aufgeben musste, so musste ich für meine Kinder das Heimatland verlassen. Bis heute ist der Libanon für mich ein nirgendwo sonst auffindbares Gefühl, ein Gemütszustand, der immer nur bis zum Flughafen anhält. Zurück im Libanon, habe ich meine ersten freien Schritte gemacht. Nicht frei in Bezug auf die anderen, sondern in Bezug auf mich selbst. Erst da wurde ich meine Komplexe los. Und das war keine Kleinigkeit, wenn man an das einundzwanzig Jahre währende elterliche Joch denkt. Doch der Krieg half. Wer stets schon auf eine nächste Ohrfeige gefasst ist, denkt nie langfristig. In den Tag hinein leben ist keine Philosophie alternativer Wohlstandsbürger, sondern ein Antibiotikum, das hilft, der Angst die Tür vor der Nase zuzuschlagen.

Auf Befreiung hatte ich seit Kindertagen gelauert, ihretwegen wartete ich so lange damit, das Land zu verlassen. Ihretwegen liess ich die Kinder im Bad zurück und spazierte zum Balkon. Ihretwegen bot ich den Milizen die Stirn.

Ich musste verzichten, verzichten, wie Raschad es getan hatte. Die ILO suchte jemanden für eine befristete Stelle in Genf. Bereits von Sehnsucht nach dem Libanon erfüllt, sagte ich zu.

Dara

»Wir können nicht unser Leben lang immer nur Reissaus nehmen.«

Emas beherzte Maxime hatte leider nicht lange Bestand.

»Ich will im Libanon bleiben.«

»Ah, zusammengekniffene Augen! Meine Tochter denkt nach!«

»Warum müssen wir weg?«

»Ich habe es dir doch schon gesagt, Dara. Wer für die Vereinten Nationen arbeitet, muss im Kriegsfall an den Sitz der Organisation zurück. Dienstort deines Vaters ist Bagdad. Meiner ist Genf. So ist es nun mal. Wir müssen.«

»Aber warum müssen wir? Warum kündigst du nicht?«

Ema zögerte kurz.

»Weil mir der Duty-free zu viel bedeutet, Dara.«

»Hör auf! Sag schon, warum wir den Libanon verlassen! Warum wir Téta verlassen!«

»Dara! *Khalass,* stell dich nicht dumm!«

Dabei machte ich das gar nicht, mir war wirklich schleierhaft, was uns am Bleiben hinderte. Einen Elternteil zu verlieren war schon sehr entwürdigend. Musste ich auch den Libanon verlieren? Die Zeit war reif, es gleich zu machen wie damals mit meinem Vater, die Zeit war reif, zu zeigen, wie verantwortungsbewusst ich war.

»Ema, ich habe darüber nachgedacht und weiss, wie ich leben muss. Ich bleibe hier. Wenn du möchtest, kann ich auch Madschid bei mir behalten. Ich werde wie eine Mutter für ihn sorgen.«

»Rein gar nichts wirst du tun, Dara.«

»Waise bin ich ja sowieso!«

»Ema, gehen die anderen auch weg?«

»Wer sind ›die anderen‹, Dara?«

»Die anderen Libanesen.«

Mein Vater hatte unbezahlten Urlaub genommen. War von Bagdad zu uns in den Libanon gekommen, um von hier mit nach Genf zu reisen. Wir sassen alle um den grossen Tisch im Esszimmer, *labneh*-Sandwiches in der Hand. Zum letzten Mal.

»Nein. Nur die Beamten der Vereinten Nationen werden evakuiert.«

»Die Beamten gehen, und die übrigen Libanesen bleiben?«

Ema nickte.

»Warum?«

»Beamter ist ein Status, Dara«, sagte Ema.

Schon mit neun Jahren erkannte ich einen Teil der Ungerechtigkeiten dieses Systems und war empört. Empört, weil wir diese Männer und Frauen zurückliessen. Diese nicht auserwählten, nicht gewollten Männer und Frauen, diese auf der Arche Noah unerwünschten Personen, für die andere, genauso menschliche Wesen wie sie entschieden hatten, dass ihr Leben hier zum Stillstand kommen würde. Denn die Arche Noah war wie die Notevakuierung keine Pflicht, sondern eine Entscheidung: die Entscheidung, zu retten, die Entscheidung, nicht zu retten.

Vom Rücksitz des Jeeps der Vereinten Nationen aus beobachtete ich, wie sich hinter uns die Strasse entrollte. Der uns folgende Konvoi bewegte sich wie eine riesige Metallraupe vorwärts. Schlängelte sich in der Ferne, zerschnitt die Landschaft, löste Puzzleteile heraus und vertiefte mit jeder Sekunde die Kluft zum anderen Bereich, zum Bereich des gesunden Menschenverstands, in dem meine Grossmutter immer noch wohnte, zum Bereich des normalen Volks, in dem zu leben – mehr nicht – die Nichtauserwählten hinnahmen.

Naïma

Einem grossen Teil der Familie gelang es, das Land zu verlassen, als Beirut 1983 von wiederaufflammender Gewalt erschüttert wurde. Nadir, der Mann meiner jüngsten Tochter Lasima, schickte uns gefälschte emiratische Pässe. Mein Sohn Sehuan und ich reisten als Erste nach Abu Dhabi. Meine Töchter Raschad und Hala folgten uns nach. Nadir liess ein zweistöckiges Haus bauen. Hala oben, Raschad unten, ich irgendwie dazwischen. Mir ist, als hätte sich von diesem Moment an die Zeit beschleunigt. Oder ich habe weniger Erinnerungen. Weniger persönliche auf jeden Fall. Irgendwann habe ich aufgehört, für mich zu leben, habe ich angefangen, für andere zu leben, stellvertretend. Das Welttheater war immer noch da, aber ich hatte meinen Platz auf der Bühne gegen einen im Publikum eingetauscht. Ich beobachtete Ema, ihr neues Leben in Genf. Wer hätte je gedacht, dass sie, kämpferisch und entschlossen, wie sie war, noch vor mir gehen würde?

Dara

Unser Konvoi raste von der Hauptstadt nach Dschunia, einer etwa zwanzig Kilometer nördlich von Beirut gelegenen Stadt. Während der ganzen Fahrt sagte der Chauffeur des Jeeps kein Wort zu Ema oder meinem Vater. Ich erinnere mich auch gar nicht an sein Gesicht. Mein Gedächtnis muss den Mienen meiner Eltern Vorrang gegeben haben. Als Kind nimmt man Krieg über den Gesichtsausdruck der anderen wahr. Ein paar Tage zuvor war es Emas benommene, glückliche Miene im Badezimmer gewesen, wohin wir uns vor den Schüssen geflüchtet hatten. Im Auto war es die Art, wie sie mit ihren schwarzen Augen starr den Horizont absuchte.

»Mist, ein Checkpoint.«

Zum ersten und letzten Mal hörte ich, dass Emas Stimme zitterte. In der Ferne stauten sich mehrere Autos vor einer grossen Schranke. Passagiere stiegen aus ihren Fahrzeugen aus und wurden mit den Händen auf dem Rücken nach rechts zu einem grossen grauen Fertigbau geführt. Ich begriff natürlich nichts von all dem, was ablief, aber angesichts der verhärteten Gesichtszüge meiner Eltern spürte ich, dass eine Gefahr nahte. Die Autos tröpfelten einzeln durch den Checkpoint, bis wir nur noch drei Fahrzeuge vor uns hatten. Dann kam der Konvoi abrupt zum Stehen. Vier Milizionäre rissen beim vordersten Auto je eine Tür auf und zerrten ein Paar und zwei Kinder heraus. Die Frau kreischte und trat wild um sich. Der Milizionär nahm sie in den Polizeigriff.

»Mama, warum machen die das?«

Madschid erhielt keine Antwort. Er musste wie ich mehrere Jahre warten, bis er erfuhr, dass christliche Milizionäre an jenem Tag aufs Geratewohl Beamte angehalten und erschossen hatten, falls es sich um Muslime handelte.

Als der Konvoi sich wieder in Bewegung setzte, sah ich, wie die rechte Hand meines Vaters sich vom Haltegriff über dem Fenster löste, sich zur anderen gesellte und er sich die Hände zu reiben begann. Ich hatte das Bedürfnis, meinen Bruder zu umarmen, um ihn zu beschützen. Als unser Jeep sich der grossen Schranke näherte, kurbelte der Chauffeur nervös die Scheibe herunter. Wenige Meter davor drückte er auf das Bremspedal.

»Nicht anhalten«, sagte Ema.

Links sass vor einem rot-weissen Häuschen ein Soldat und musterte uns alle zusammen, dann einzeln. Als sein Blick auf mich fiel, las ich darin Verachtung.

Auf der anderen Seite des Checkpoints wollte Madschid sich umdrehen, wahrscheinlich um sicher zu sein, dass wir ihn erfolgreich passiert hatten.

»Rührt euch nicht.«

Er gehorchte meiner Mutter, wie wir alle. Wir blieben kerzengerade sitzen, in einer perfekten Balance zwischen unserem nach vorn, ins Ungewisse gerichteten Blick und unserem Bedauern über die verlorenen unbeschwerten Zeiten.

Langsam schwanden die Höhen aus dem Horizont, ich fühlte, dass wir dem Meer nahe waren. Als der ruhige blassblaue Streifen sichtbar wurde, kehrte im Auto erneut Ruhe ein. Der Reihe nach verstummten mein Vater, Ema und Madschid. Es herrschte wieder Stille wie beim Checkpoint, aber nicht mehr aus Angst, sondern vor Glück. Diese Stille war identisch mit jener im Meer, wenn ich mich fernab vom Strand auf dem Rücken treiben liess, eine Stille, die vielleicht dem Tod glich.

Wir sassen stumm da, während der Jeep zum Hafen von Dschunia fuhr, wo uns die Arche erwartete. Sie enttäuschte mich ein wenig. Ich hatte mir ein riesiges Ungetüm vorgestellt, und stattdessen stand ich auf kaum mehr als einem recht gross geratenen Boot.

»Ist das unser Schiff?«

Mein Vater nahm mich in den Arm.

»Nicht unseres, deins, wir gehen jetzt nämlich. Wir haben die Nase voll von dir!«

Während mein Vater mich mit seinem wie üblich unpassenden Humor tröstete, sah ich, dass wir knapp zwei Dutzend Passagiere an Deck waren, darunter eine Familie, die mich sehr an meine eigene erinnerte. Besonders das kleine Mädchen, das wie ich (und offenbar auch die Schwester meiner Grossmutter) dünne Beine und einen gedrungenen Oberkörper hatte. Ihr Gesicht war ebenfalls rund, ein winziges Böllchen bildete ihre Nase, sie hatte langes, strähniges braunes Haar, Augen in einem dunstigen Braun und ganz schmale Lippen, deren Randfalten ihr das Aussehen eines Nagers verliehen.

»Dara, hör auf zu starren.«

Ich richtete meinen Blick auf Dschunia und den Hafen, der schon hinter dem Kielwasser verschwand. Als ich fühlte, wie schnell das Boot dahinflog, wurde mir übel. Ema bemerkte es.

»Hier, nimm.«

Mit vorwurfsvoller Miene streckte sie mir eine Tablette hin.

»Muss man das schlucken?«

Als ich die Antwort hörte, verzog ich den Mund. Es war das erste Mal, dass ich eine feste Arznei einnehmen sollte.

»Sonst bekomme ich doch immer Sirup.«

»Mach schon, Dara.«

Ich legte mir die Tablette auf die Zunge, bekam sie von dort aber nicht weiter. Der Geschmack wurde bitter.

»Schluck sie runter!«, rief Ema.

Die Sekunden verstrichen. Die Tablette auf meiner Zunge löste sich weiter auf.

»Ema, ich muss erbrechen!«

Mir kam schon alles hoch, da schlug sie mich grob auf den Mund. Die Tablette fiel. Diesmal – im Gegensatz zu damals, als Madschid meinetwegen vom Olymp gestürzt war – hatte die Angst um das Kind sie wirklich zuschlagen lassen. Meinerseits wusste ich nicht so recht, was ich denken sollte. Einerseits stiegen mir wegen des schmerzhaften Prickelns im Mund die Tränen in die Augen, andererseits verschaffte mir diese erste runtergeschluckte Tablette ein Erfolgsgefühl, das es zu feiern galt. Ema sah mich an, ich lächelte.

Das Schiff näherte sich allmählich einem Koloss der Art, auf die ich gehofft hatte. Das weiss funkelnde, gigantisch grosse Fährschiff füllte den Horizont aus, versperrte ihn geradezu. Dieselbe prahlerische Grandeur fand ich auch im Innern wieder, in der zentralen Halle, wo mich von den ersten Schritten an das glänzende Parkett, die Porzellanteller mit den glitzernden Hummern auf dem Buffet, die gepolsterten, in ein goldenes Gestell gefassten Sessel aus rotem Leder bezauberten. Im süssen Herzen dieser Kaktusfeige waren wir völlig taub gegenüber den Grausamkeiten der Stachelmenschen, die sich draussen gegenseitig in Fetzen rissen.

Drei Musiker unter den Passagieren fanden sich zu einer improvisierten Gruppe zusammen und liessen lautstark Darbuka, Ud und Midschwis erklingen, deren Nachhall sich mit Applaus vermischte. In unserer Nähe zog eine Dame im Dreiteiler die Schuhe aus, warf sie hinter sich zu Boden und stürmte zum Trio, von dem sie mit zustimmendem Nicken empfangen wurde. Die Musik wurde allmählich leiser und verstummte schliesslich. Die Dame stellte sich in die Mitte der Gruppe, holte tief Luft und stimmte in der vollkommenen Stille kraftvoll und ergreifend klar das Lied *al-Busta* von Fairus an:

Versprochen, durch deinen Blick bin ich dir versprochen …

Praktisch in derselben Sekunde begannen alle Passagiere, Ema und mein Vater eingeschlossen, zu schreien, zu applaudieren und im Takt auf das Parkett zu stampfen. Die Sängerin wich einen Schritt zurück, hielt aber nicht inne. Das Trampeln steigerte sich immer mehr, der Boden bebte, aus dem Schreien wurde Gebrüll. Nervös lachend warfen die Musiker sich Blicke zu. Ein Passagier schlug eine Scheibe ein, ein anderer liess Flaschen aus der Bar am Boden zerschellen. Ich nahm Madschid in den Arm. Eine Stimme drohte, man werde das Schiff anhalten, der Alarm ging los, die Deckensprinkler wurden ausgelöst. Weder die Lautstärke der Gruppe noch die der Passagiere verringerte sich auch nur um ein Dezibel. Es war zu spät, die Ventile waren offen. Fairus hatte den Ozean freigesetzt, jenen Ozean, den der Libanon zu lange in sich zurückgehalten hatte. Seine Trauerfälle, Morde, Ängste und Sorgen sprudelten nun alle zusammen in einem so gnadenlosen wie heilbringenden Wildbach heraus, das Singen und Feiern spülte alles weg.

So und nur so vergass man im Libanon.

Mein Bruder und ich konnten das Vergessen allerdings nicht lange geniessen. Die Türen dieses fröhlichen Dampfablassens gingen mit der Begründung vor uns zu, es sei Schlafenszeit. Den Blick an die gelbliche Decke unserer Kabine geheftet – ich hatte das Licht angelassen –, fragte ich Madschid: »Bist du sicher, dass bei dir alles in Ordnung ist?«

Ich bildete mir ein, mir anstelle meiner Mutter Sorgen um ihn zu machen, aber heute denke ich, dass diese Sorgen eigentlich nur mir selber galten. Madschid schlief, er war zu jung für Angst. Ich war nicht zu jung und entdeckte sie in jener Nacht, die ich noch heute mit dem Bild einer einen Spaltbreit offen gelassenen Tür verbinde.

Die vampirische Todesangst verkroch sich erst allmählich – mehr als Verkriechen war von ihr ohnehin nicht zu erwarten –, als der Tag anbrach und ich in der Ferne die rötliche Erde der zypriotischen Küste sichtete. Ich glaubte, wir hätten kehrtgemacht und wären auf dem Weg nach Hause, in den Libanon. Vermutlich fühlte ich, dass wir auf ein träges, auf ein mediterranes Land zufuhren.

Ich irrte mich nicht. Die sechs Monate in Zypern erwiesen sich als Monate der Gleichgültigkeit, Monate des Wechsels zwischen Pool und Strand, Monate, in denen mich der Libanon noch nicht ganz losgelassen hatte.

Dieses Gefühl verflüchtigte sich an dem Tag, als unser Flugzeug von Zypern Richtung Genf abhob, und verschwand schliesslich an dem Tag, als das Flugzeug meines Vaters von Genf Richtung Bagdad abhob.

Ema

Dara war unauflöslich mit dem Libanon verbunden. Das Exil brachte sie völlig durcheinander. Von daher rührt nebenbei bemerkt auch unser unterkühltes Verhältnis. In Genf empörte sie sich über dieses neue Leben, dieses »neue Leben, das ich nicht gewählt habe«, wie sie sich ausdrückte. Es war sehenswert, wenn sie sich empörte. Wie mein Vater, aber schon mit zehn. Starrköpfig und dabei philosophisch gelassen.

In jeder Kurve brachte Sahi die Reifen des Mercedes-Benz 123 zum Quietschen. Wir hatten gut fünfundvierzig Minuten Verspätung auf unsere Reservation. Die letzten fünfzehn waren nicht unsere Schuld, wenn man das so sagen kann. Wir hatten uns verfahren.

»Lassen wir La Charbonnade. Schau, es gibt doch überall Restaurants.«

Sahis Blick klebte immer noch an der Strasse. Sein Fuss drückte das Gaspedal tief hinunter, das Auto röhrte wie ein Hirsch.

»Man soll dort gut essen!«

Ich hielt ihm den Zeigefinger vor die Augen, um ihn dazu zu zwingen, diesmal den Kopf zu drehen. Erfolglos. Zwanzig Meter vor uns sprang die Ampel auf Gelb. Sahi verlagerte sein ganzes Körpergewicht auf das Gaspedal. So heftig die Nadel auch ausschlug, wir überfuhren das Signal bei Rot, und wäre darauf eine weitere Farbe gefolgt, hätten wir die auch noch erwischt.

»Himmelherrgott, was hast du eigentlich? Warum willst du da unbedingt hin?«

Er legte eine Vollbremsung hin. Das Auto kam mitten auf der dreispurigen Strasse zum Stehen. Ausser uns war niemand unterwegs.

»Weil das der einzige Ort ist! Der einzige Ort, der lebendig ist! Schau dich um! Wir sind in einer Grossstadt. Die Strassen sind menschenleer. Menschenleer! Weit und breit niemand in den Cafés, in den Bars, in den Restaurants! Ich kann so nicht leben! Unmöglich!«

Er öffnete das Fenster. Ein ums andere Mal hob und senkte sich sein Brustkorb.

Dara

Mein Vater blieb nur zwei Wochen bei uns in Genf. Um mich über seine Abreise hinwegzutrösten, kaufte Ema mir eine rosa Manchesterhose. Es war meine erste Begegnung mit dem Winter, einem echteren Winter als dem libanesischen. Ich habe eine schöne Erinnerung daran. Wir wohnten im Hotel Astoria, wo die an den Hauptsitz der ILO repatriierten Beamten untergebracht waren. Das Hotel war wie ein riesiges Studentenwohnheim, alle kannten sich, gingen von Zimmer zu Zimmer, rauchten in den Gängen. Die Kinder spielten mit Murmeln, während die Erwachsenen in den grossen braunen Sesseln der Empfangshalle über Politik diskutierten. Niemand schien wirklich zu wissen, wie lange diese Situation andauern würde.

Naïma

Ema war allein in Genf. Eine Vollzeitstelle in der ILO – vierzig Stunden die Woche – und dazu zwei Kinder am Hals. Es dauerte nicht lange, bis sie mich bat, von Abu Dhabi zu ihr zu kommen, um sie zu unterstützen. Ich bereue es nicht, das getan zu haben. Diese neuen Gefilde waren für mich eine Offenbarung. Ich entdeckte dort eine heitere Ruhe.

Ema

Zum Teufel mit der Einsamkeit, zum Teufel mit Sahis Egoismus, mein Mann wollte nicht in Genf leben, also würde ich nach Bagdad ziehen. Im Sommer 1984 nahm ich einen Monat unbezahlten Urlaub und brach mit meiner Mutter und den Kindern auf.

Kaum war ich eingetroffen, sagte Sahi, dass es eine Party geben würde, noch am selben Abend, in der Wohnung. Ich war entschlossen, an meiner Ehe zu arbeiten. So zog ich los, um ihm ein schönes Hemd zu besorgen und ein paar Einkäufe zu tätigen. Zurück zu Hause, höhlte ich Zucchini für *koussa* aus, wickelte Reis in Weinblätter, *warak enab,* und knetete die Fleischmasse für *kibbeh.*

Sahi wandte sich im Laufe des Abends nie an mich. Ein breites Lächeln im Gesicht, zog er durch die Räume. Dazu die übliche Schlossknacker-Rhetorik. Halb Pfau, halb Chamäleon.

»Ich war ja praktisch der Anführer der libanesischen Revolution.«

Ein Dutzend Gäste umringten ihn. Er schwadronierte mit einer Brünetten, die besonders wenig anhatte. Für mich hatte er keine Augen.

»Aber weisst du, Nura, das alles kann von einem Tag auf den anderen verschwinden. Die Zeitungsartikel hingegen, unter die du mit zarten Fingern deinen Namen setzt, die sind aus Druckerschwärze, und Druckerschwärze hat Bestand.«

Ich trat zu ihnen. Sahi tat nicht mal verwundert.

»Das ist meine Frau.«

Einige Lippen zitterten. Niemand wusste so recht, wie er reagieren sollte, bis ein Dickwanst sagte: »Du bist verheiratet?«

Beginn des Schuljahres für Dara und Madschid. Ich kehrte nach Genf zurück, im Bauch das Gefühl eines fluglahmen Liebeslebens. Das Telefon klingelte, als ich mit den Kindern die Wohnung betrat. Es war Sahi.

»Stell mir bitte falsche Rezepte aus, und schick sie an die UNO. Damit ich das Geld für hier gekaufte Medikamente zurückkriege.«

Ich widersetzte mich nicht. Einfach darum, weil es damals überhaupt nichts Aussergewöhnliches war, Rezepte zu fälschen. Das machte jeder zweite libanesische Beamte. Aber Pech, ausgerechnet Sahi zog eine Niete. Die ESCWA deckte den Schwindel im Nu auf. Daraufhin sofort: Untersuchung. Noch Jahrzehnte später habe ich Sahis Feigheit in dieser Geschichte nicht verdaut. Beziehungsweise meine eigene. Weil Sahi seinen Kopf nicht hinhalten wollte, habe ich alles auf meine Kappe genommen, vor den weit aufgerissenen Augen meiner Kollegen, die nicht nachvollziehen konnten, dass ich mich für einen »solchen Arsch« opferte.

Bei mir begnügte sich die ILO mit einer Verwarnung. Nicht so einfach war die Angelegenheit für Sahi. Am UN-Hauptsitz in New York forderte der Big Boss höchstpersönlich seine Entlassung. Einziger Ausweg: einen Brief zu schicken, in dem ich mich mehr oder weniger zur bösen Strippenzieherin hinter dem Betrug erklärte und Sahi zu einer armen, willenlosen Marionette.

»Wenn du das für mich tun kannst, Ema, rettest du mir das Leben.«

Ich sprach mit der Leitung der ILO darüber. Man war dagegen.

Wenig verwunderlich. Eine Angestellte, die öffentlich Finanzbetrug zugibt?

»Wenn Sie dennoch auf diesem Schritt bestehen, müssen wir Sie bedauerlicherweise entlassen.«

Ich schielte einen Moment lang auf das weisse, an den Rändern schon etwas vergilbte Blatt. Fragte mich, wie ich aus dem Libanon hatte hierhergeraten können.

Der Libanon.

»Gut, sollen sie mich doch feuern, ist mir egal.«

Ich spiele weiter, und sie antwortet auf jeden Ton von mir mit einem eigenen Ton, mal ganz harmonisch, mal nicht, so als würden wir in Zeitlupe durch den Wald laufen und uns hinter den Bäumen verstecken.

Nancy Huston,
Ein winziger Makel

Meine Mutter lebte bei uns in Genf, als ich in der ILO gefeuert wurde. Sahi hatte die Güte, ein paar Wochen später auch zu kommen. Diesmal reiste er erst nach einem Monat wieder ab. Aber er war an einem Tiefpunkt angelangt. Ass kaum, schlief schlecht, hatte Panikattacken … Zuerst war ich erstaunt. So sensibel kannte ich ihn gar nicht. Dann dämmerte mir, was los war.

Erstens: Ich glaube, er hatte das Schuldgefühl entdeckt. Nachdem ich ihm diesen Gefallen erwiesen hatte, muss er sich überlegt haben, dass unsere Liebe, unsere Ehe und die ganze übrige Zwangsarbeit eine unausweichliche Sache waren, wo seine elende Hausfrau doch für ihn den bitteren Kelch geleert hatte. Es war aber nur auf dem Papier ein Schuldgefühl. Daher zweitens: Angst. Sahi war sich bewusst, dass er in der Kreide stand, und gleichzeitig war ihm auch klar, dass er seine Schuld niemals würde begleichen können. Dass er es in seinem Genfer Gefängnis nicht lange aushalten würde. Dass dieses neue Leben mit seinem bisherigen zu wenig kompatibel war, in einem zu grossen Gegensatz dazu stand. Dass es zwangsläufig ein schlimmes Ende nehmen würde.

Wie für meinen Vater.

Eine Wohnung, die wir binnen eines Monats zu verlassen hatten, ein abgereister Sahi, Arbeit weg, Papiere weg und zwei Kinder am Hals, los, Ema, schieb deine Prinzipien mal beiseite, und zieh zu deinem Mann. Macht nix wegen dem Gefängnis und den Bettgeschichten, das ist immer noch besser, als auf der Strasse zu landen. Ich rief Sahi an. Als ich sagte, dass ich zu ihm zurückkehren wollte, meinte er: »Wart lieber noch ein bisschen, ich soll nach Beirut versetzt werden.«

Dorthin, wo tagtäglich geschossen wurde?

»Das können wir den Kindern nicht antun«, sagte ich.

»Ihr könnt nachkommen, sobald die Lage sich beruhigt hat.«

Sobald die Lage sich beruhigt hat? Redete er vom Libanon?

»Sahi, möchtest du wirklich, dass wir zu dir ziehen?«

Nein, das wollte er nicht. So viel war sicher.

Unsere Geschichte war aufs falsche Gleis geraten. Daran bestand kein Zweifel. Mein Vermieter war bereit, den Vertrag zu erneuern. Im Rathaus von Ferney-Voltaire verlängerte man die Schulanmeldung der Kinder um drei Monate.

»Aber wenn Sie Ihre Situation bis zum Schuljahresende nicht geregelt haben, müssen Sie das Land verlassen, Madame.«

Die Kinder nahmen die Sache gut auf. Vor allem Madschid. Das musste er von seinem Vater haben. Für Dara war es schwieriger.

Die Kleine hatte nie richtig um den Libanon trauern können.

Stattdessen versagte sie sich jeden Gedanken daran. Büffelte. Gedächtnis, Wissen, Pauken, Stress – die vier Pfeiler der französischen Schulbildung gingen ihr rasch in Fleisch und Blut über. Ich glaube, die Einspeicherung von Wissen im industriellen Massstab war für sie wie ein Schutzbunker. Dieser zusammengescheffelte Block Klugheit stoppte alle schmerzlichen Gefühle bezüglich des Exils oder gegenüber einer Mutter, die eigentlich keine sein wollte.

Diese Klugheit, aber auch das Verantwortungsgefühl.

Mit Letzterem liessen sich viele Dinge in den Mutter-Tochter-Beziehungen der Familie erklären. Ich dachte darüber nach. Las abendelang psychologische Zeitschriften aus dem Supermarkt und notierte mir Symptome. »Nennt mich nicht Mama«, »frühreif«, »kümmert sich mehr um Madschid als ich«, »möchte Mutter sein«, »wiederholt immer wieder, dass sie weiss, wie sie leben will« … Daraufhin stierte ich endlos auf das Blatt. Als ich mich schlafen legte, schossen mir Fragen durch den Kopf. Warum will die Kleine immer für alles Verantwortung übernehmen? Warum ist sie so verdammt mütterlich?

Dann eines Morgens, beim Frühstück. Dara goss Milch in Madschids Müslischale. Plötzlich war die Erklärung da. Mit aller Bestimmtheit. Schon als kleines Mädchen hatte meine Tochter mich verdächtigt, keine verantwortungsbewusste Mutter sein zu wollen. Und so hatte sie beschlossen, selber Verantwortungsgefühl und Mütterlichkeit zu entwickeln.

Meine Tochter wollte mir die Arbeit abnehmen.

Das brachte mich völlig aus dem Konzept.

»Ema, was meinst du wegen deinem Bruder? Er braucht wirklich dringend Geld.«

Ich schaute meine Mutter an und sah ihre Augen. Ihren unentschiedenen, wartenden, auf mich wartenden Blick.

»Such dir einen Job bei der UNO, und schlag dir diesen Arsch aus dem Kopf.«

Meine Nachbarin Domitille. Pragmatisch bis zum Gehtnichtmehr. Genau das, was ich brauchte. Dank ihr war ich schliesslich bereit, zu erkennen, dass meine Beziehung mit Sahi nur noch ein Phantom war. Diese Domitille war buchstäblich ein Totempfahl. Senegalesin, zwei Meter gross, die Schultern mächtig wie die ausgebreiteten Flügel eines Vogels. Ein hagerer Körper, wie mit dem Lineal gezeichnet.

Eines Tages zeigte Domitille mir ein Stellenangebot des Hochkommissariats der Vereinten Nationen für Flüchtlinge, im Team für die arabischsprachigen Länder.

»Na?«

»Nee.«

»Du gehst da hin.«

Ich tat es. Duckmäuserisch war ich nicht, aber Domitilles Flügelspannweite übertraf meine eigene. Und in Erwartung einer Wetterbesserung in Sachen Beziehung war die Stelle immer noch besser als überhaupt keine Arbeit. So ging ich zum Büro, in dem das Gespräch stattfinden sollte, und erblickte an der Tür den Namen »Muhammad Benissi«. Ein arabischer Name. Ich weiss bis heute nicht genau, warum, aber ich drehte mich auf dem Absatz um und machte mich aus dem Staub. »Für einen Araber könnte ich unmöglich arbeiten«, rief ich im Auto laut aus. Nach Sahi, nach dem Krieg machte ich es mir vielleicht etwas zu einfach. Wie auch immer, als ich den Schlüssel ins Zündschloss steckte, sah ich plötzlich Domitilles Miene vor mir.

»Ach, Scheisse.«

Ich sprang wieder aus dem Auto und hastete zum Büro. Das Gespräch lief gut, noch am selben Tag erhielt ich einen Anruf mit der Zusage.

»Jetzt besorg dir eine richtige Wohnung mit einem richtigen Mietvertrag, damit die Kinder das Schuljahr beenden können.«

Während Domitille einen so ernsten Ton anschlug, dass er mich förmlich erdrückte, spürte ich, dass das Verantwortungsgefühl langsam zurückkehrte, das ich seit meiner Heirat von mir ferngehalten hatte. Jenes verfrühte Verantwortungsgefühl, zu dem das Kind Ema angesichts einer unselbständigen Mutter und eines allzu jungen Bruders gezwungen gewesen war; dasselbe Verantwortungsgefühl, das meine Tochter angesichts einer nachlässigen Mutter ebenfalls schon in den ersten Lebensjahren entwickelt hatte.

Dara

Als ich elf war, beschloss Ema, Genf zu verlassen, um auf die andere Seite der Grenze, nach Ferney-Voltaire, zu ziehen. Ich war am gleichnamigen Collège angemeldet und verbrachte dort meine Schulzeit. Glückwünsche nach jedem Trimester, Lob bei den Elterngesprächen, untadelige Resultate. Ich erinnere mich insbesondere an eine Bestnote im neunten Schuljahr, die ich für einen Kommentar zu einem Ausschnitt aus *Madame Bovary* von Flaubert erhielt. Die Lektüre dieses Werks war für mich eine Offenbarung. In Emma Bovary sah ich meine Grossmutter, Ema und mich. Ich sah alle Migranten, all die enttäuschten Träumer, die wie wir mit einem Koffer voller Klischees in ein romantisches Frankreich aufgebrochen waren, ein trügerisches Frankreich, das mich angelogen hatte und in dem zu bleiben ich mich weigerte.

Ema

Susan Alexander Kane: »I don't know many people.«
Charles Foster Kane: »I know too many people. I guess we're both lonely.«

Orson Welles,
Citizen Kane

Meine Mutter beschloss nach ein paar Jahren, zwei Wochen bei meiner Schwester in Kanada zu verbringen. Lasima und ihr Mann, der in Toronto Arbeit gefunden hatte, trotzten dort den Frostbeulen. Währenddessen erhielt ich einen Anruf von Sahi, der mich über seine Versetzung nach Beirut informierte. Das reichte, um mich an einem Freitagmittag, unter Domitilles kohlschwarzem Blick, in der Betriebskantine verkünden zu lassen: »Ich reise heute Abend nach Beirut. Man weiss ja nie.«

Wir trafen Sahi in der Nähe der Place de l'Étoile. Jede Richtung war durch eine militärische Strassensperre blockiert. Von weitem sah alles leer aus. Auch rundherum. Madschids und Daras Blicke schossen um die Wette hin und her. Ihre Köpfe waren gesenkt, die Nacken hochgezogen. Sie hatten panische Angst. So jung sie auch waren, den Krieg hatten sie bereits kennengelernt.

Vom Platz fuhren wir ins Botschaftsviertel, wo Sahi kurz zuvor eine Wohnung gefunden hatte. Daras und Madschids Anspannung war so gross gewesen, dass sie auf der Stelle einschliefen.

Am Checkpoint – die Zufahrt zum Viertel war von Soldaten gesichert – zückte Sahi seinen Pass, und ich sah einen Stempel von Bangkok. Himmel, Bangkok, er war nach Bangkok gereist, und ich wusste es nicht einmal.

»Hast du vor, gelegentlich wieder nach Genf zu kommen?«

»In ein paar Monaten. Da muss ich ohnehin für die Arbeit …«

»Wohin führt das noch, Sahi?«

»Was?«

»Das mit uns beiden.«

Sein Blick floh zum Fenster.

»Mit den Kindern können wir nicht im Libanon leben«, sagte ich, »hast du gesehen, wie sie reagiert haben?«

Stille.

»Und du kannst nicht in Genf leben.«

Er räusperte sich. Warf einen flüchtigen Blick in den Rückspiegel, um sicher zu sein, dass Dara und Madschid immer noch schliefen.

»Wir können die Fernbeziehung weiterführen«, sagte er.

Ich sah auf meine Schuhe, hielt einen Moment inne.

»Lassen wir es gut sein.«

Es kam einfach heraus. Ein Ballon, der platzt. Sahi nickte zustimmend. Tränen stiegen mir in die Augen. Ich drückte sie mit dem Zeigefinger weg.

Zurück nach Ferney-Voltaire, gleichzeitig wie meine Mutter und zum ersten Mal mit einer offiziellen Trennung in der Tasche. Ich hatte mich davon so bedroht gefühlt, dass es mir kaum weh tat.

Trennungen müsste man eigentlich so sehen. Als kleinen Tod, der jederzeit und überall eintreten kann, als kleinen Tod, dem es nicht viel anderes entgegenzusetzen gibt als die Hoffnung, er möge nicht eintreten.

Dara

Im Collège und im Gymnasium von Ferney-Voltaire hatte ich nie das Gefühl, an meinem Platz zu sein. Jedes Mal, wenn ich etwas anders machte, jedes Mal, wenn ich einen ungewohnten Ausdruck verwendete, führte das zu Lächeln, wohlwollendem Nicken und der Aufforderung: »Erzähl uns vom Libanon, Dara.«

Zu erzählen war schmerzlich. Bis heute gibt es nichts, was mir mehr fehlt als das libanesische Chaos, diese bunte, überbordende Unordnung, dieses Land, in dem so viele Menschen im Glauben daran, am nächsten Tag ohnehin sterben zu müssen, Luxusautos kauften, um danach wegen der Schulden bloss noch zu Hause herumzusitzen; diese wild gemischte Gemeinschaft, in der man mit allen bekannt war, ohne irgendwen wirklich zu kennen; dieser Boden, auf dem Belanglosigkeit und politische Untätigkeit nicht zu europäischer Trägheit führten, sondern zu einer Art Leck-mich-Haltung oder noch besser: zu Spott.

Diese Dinge fehlten mir so sehr, dass ich Emas Kreditkarte klaute, um mir einen Flug in den Libanon zu buchen. Es war Sommer, und ich war siebzehn. Am Abend vor dem Flug informierte ich sie über meine Pläne.

»Nie im Leben, bevor du deinen Abschluss hast!«

Sie riss mir das Ticket aus den Händen und steuerte auf den Mülleimer zu.

»Ich breche das Gymnasium ab, wenn du mich nicht reisen lässt.«

Sie erstarrte. Drehte sich langsam zu mir um. Schien verstanden zu haben, dass meine Worte unwiderruflich waren. Das Ticket segelte auf den Boden, sie stampfte über die Fliesen in ihr Zimmer.

In den Ferien konnte ich auch einen anderen Missstand beheben – ich lernte Lotfi kennen, den späteren Vater meiner Kinder. Mein brennender Wunsch, Mutter zu werden, reichte sogar noch weiter zurück, über das libanesische Chaos hinaus, er reichte zurück zu den Wohnzimmervorhängen mit den kleinen Holzhütten in den Ecken, zum kleinen Mädchen, das auf mich, also Mona, wartete, wie ich mit vier Jahren überzeugt gewesen war. Schon damals muss ich gefühlt haben, dass nur ein Kind mir helfen konnte, zu dem zu werden, woran es mir selbst gefehlt hatte: zu einer Mutter.

Lotfi war Maurer und arbeitete in Arsun. Wir liebten uns seit jenem ersten Picknick in den libanesischen Bergen, als wir Seite an Seite dem Feuer beim Knistern zugeschaut hatten.

Ema

»Dara, okay, du bist verliebt, das kann ich verstehen. Aber lass dir um Himmels willen Zeit! Du kennst ihn gerade mal ein paar Monate, und jetzt willst du schon zu ihm in den Libanon?«

Die Abschlussprüfungen waren gerade vorbei. Dara marschierte in unserem Wohnzimmer in Ferney-Voltaire auf und ab.

»Warte wenigstens ab, bis du eingebürgert bist!«

Mit diesem Argument konnte man bei einem Teenager natürlich nicht punkten. Aber wenn jemand das Exil erlebt hat …

»Ema, ich bin alt genug, um für mich zu entscheiden. Ich wollte nie in Frankreich leben, wollte immer zurück in den Libanon. Jetzt ist der Moment gekommen. Ich gehe, heirate Lotfi und kriege mit ihm Kinder.«

Mit achtzehn Jahren!

»Dara, weisst du, was es bedeutet, in Arsun zu leben?«

Ihr blieb der Mund offen stehen. Sie kniff das linke Auge zusammen. Besser gezielt diesmal. Eine Intelligenzbestie wie sie in einer abgelegenen Ortschaft im Gebirge, das musste überdacht werden.

»Behalt ihn einfach als Geliebten, du wirst sehen, das macht viel mehr Spass.«

»Du verstehst mich nicht.«

»Na gut, dann lad ihn für die Ferien hierher ein, was weiss ich, verflucht noch mal!«

»Du verstehst mich nicht! Ich will seine Frau sein, ich will die Mutter seiner Kinder sein, hör auf, die Sache als Techtelmechtel zu betrachten.«

»*Khalass,* Dara, das kommt nicht in Frage!«

In der Nacht nach der Bekanntgabe der Prüfungsergebnisse riss Dara zu einer Freundin aus. Frühmorgens setzte sie sich in ein Flugzeug Richtung Beirut. Ich erfuhr es erst um zehn Uhr, als sie ankam und Sahi mich anrief, um mir Bescheid zu sagen. Ich legte auf und blieb mit verlorenem Blick sitzen.

»Was ist los, Ema?« Meine Mutter. Sie wartete.

»Dara. Sie ist weg. Sie ist im Libanon.«

Meine Mutter lächelte.

Ich war wie betäubt von der Flucht, aber auch von Sahis Worten. »Sie hat ihre Familie verlassen«, hatte er gesagt, »um zu heiraten, obendrein einen Maurer. Einen Maurer? Mit Abitur und beiden Eltern bei der UNO? Was wird man in Arsun über mich sagen? Was wird man über mich sagen? Wie konnte sie nur so … Fertig, mit ihr rede ich nie wieder ein Wort.«

Und daran hielt er sich. Zwei Jahre lang. Auch in finanzieller Hinsicht nichts. Keinerlei Unterstützung. Obwohl ihr Mann keine Arbeit hatte und sie ebenso wenig.

Aber Dara blieb, sie blieb im Libanon. Warum? Wieder einmal: das Verantwortungsgefühl. Diesbezüglich waren Dara und ich wirklich nicht vom gleichen Schlag. Dara begehrte es, begehrte Verantwortung. Ihr Leben lang wollte sie welche. Zumindest so lange, bis sie die volle Verantwortung bekam, bis sie als Mutter von der Ersatzbank aufs Spielfeld wechselte. Sie brachte meine Enkelin Lila zur Welt.

Dara

Seit den ersten Lebensjahren meiner Tochter Lila wusste ich, dass ihr das gleiche Schicksal beschieden sein würde wie allen Frauen unserer Familie. Bereits mit drei wurde Lila wie damals ich auf den Schoss einer Drusin gesetzt. Sie erzählte ihr von ihrem anderen Leben. Einem Erwachsenenleben in einer weissen Villa mit Säulenvorbau an der Westküste der Vereinigten Staaten, einem trägen Leben mit Geplansche in einem Pool, der von Marmorplatten umgeben war und den eine riesige Pappel überragte. In diesem anderen Leben, präzisierte sie, hatte sie auch Aufgaben. Jeden Tag pünktlich um halb drei musste sie ihren Mann ins städtische Krankenhaus fahren, das war lebenswichtig, und vor allem musste sie sich um zwei hübsche blonde Kinder kümmern.

Lila

Ich habe die Hand meiner Mutter losgelassen! Einfach so, ganz ohne zu zögern!

Unglaublich, mein erster Tag im Kindergarten! Selbst am Nachmittag war es super, weil ich mit dem Bus nach Hause fahren konnte. Wir fuhren ewig herum … Der Chauffeur konnte in Arsun unser Haus nicht finden. Irgendwann dachte ich: ›Genug‹, stand auf und stiefelte zu ihm. Zeigte ihm den Weg selber.

Ema

Nach zwei Jahren Suche fand Dara Arbeit in Beirut. Eine Stelle als Projektleiterin im Entwicklungsprogramm der Vereinten Nationen. Sahi hatte aufgehört, ihr die kalte Schulter zu zeigen. Ich glaube, ihm war bewusst geworden, dass sie ihm immer noch imponierte. Anscheinend nahm er sie überallhin mit, wohin er eingeladen wurde, an die »best places to be«, wie er sagte. Einmal die Woche becherten sie bis in die frühen Morgenstunden Arak. Wobei Dara nach einiger Zeit nicht mehr mithalten konnte. Als sie Riad, ihr zweites Kind, zur Welt brachte, wollte sie mehr Ruhe. Sie setzte ihrem Beiruter Partyleben ein Ende und kaufte ein kleines Haus in Arsun, wo sie nun die Abende verbrachte. Und genau in diesem Moment: Langeweile. Ich hatte es ja kommen sehen. Hatte ihr gesagt, dass sie in Arsun versauern würde, an diesem Ort, wo die Standardantwort auf jede Aufforderung »Wozu soll das gut sein?« lautete, auf diesem Flecken Erde, wo die Leute, kaum schlugen sie morgens die Augen auf, nur auf eines warteten: die Mittagsruhe.

Dara

Ein Schwarm von flammenden Vögeln. Sterne stürzen herab wie Geschosse.

Richard Powers,
Das Echo der Erinnerung

Morgens in Arsun musste ich mich von der betäubenden Stille der Gebirgsnacht befreien. Aber tagsüber, im Gewimmel Beiruts, fehlte mir diese Stille oftmals, und ich konnte es kaum erwarten, sie abends in der ruhigen Höhe wiederzufinden.

Dieses sanfte Gleichgewicht zwischen Stadt und Land verlieh mir die nötige Heiterkeit für die Geburt meines zweiten Kindes: Riad. Dieses Gleichgewicht war auch der Grund, warum ich so lange in Arsun blieb. Es kam mir erst 2005 nach und nach abhanden, aber nicht weil ich mich gelangweilt hätte, wie Ema vielleicht dachte, sondern wegen der Sicherheitslage im Land. Eine Sprengladung von 1800 Kilogramm an der Beiruter Seepromenade kostete den ehemaligen Ministerpräsidenten Rafik Hariri am 14. Februar das Leben. Der Selbstmordanschlag fand ein paar hundert Meter von meinem Büro und ein paar Dutzend Meter von der Schule meiner Tochter entfernt statt.

»In der Pause habe ich viele Vögel wegfliegen sehen.«

Ich beruhigte sie, so gut ich konnte, und liess, als ich mich schlafen legte, alle Türen zwischen ihrem und meinem Zimmer offen. An diesem Abend machte ich auch eine Tür auf, die seit meinem Exil einen Spaltbreit offen gestanden hatte, nämlich die Tür meiner Angst.

Lila

Revolution! Überall herrschte ein grosses Menschengewimmel. Mama sagte, das sei gegen die Leute, die Rafik Hariri getötet hatten.

»Schau dich um, Lila. Siehst du all diese Menschen? Das sind Libanesen. Wie wir. Wir gehören alle zusammen.«

Ich sah Flaggen, hörte Musik, Beifall. Mir war nicht so ganz klar, warum wir auf diese Weise marschierten. Aber sie hatte recht, wir waren mit allen anderen zusammen.

Dara

Mit der Zeit akzeptierten Ema und mein Vater mein neues Leben im Libanon. Zumindest bis 2006. In diesem Jahr nahm die Hisbollah zwei israelische Soldaten gefangen, um sie gegen libanesische Gefangene in Israel einzutauschen. Anstelle einer Antwort warfen die israelischen Verteidigungsstreitkräfte Zahal viertausend Granaten über Beirut ab.

An einem einzigen Tag.

Damit begann der lange, wortreiche Kampf meines Vaters und Emas, die mich beide dazu überreden wollten, das Land zu verlassen. Jedes Gespräch war nur ein Vorwand, um mich auf eine berufliche Chance irgendwo in Europa, auf eine Aufgabe in London, ein Gehalt in Genf aufmerksam zu machen.

Erfolglos.

Nicht aus Patriotismus wollte ich im Libanon bleiben, sondern aus Liebe. Aus Liebe zum Libanon und aus Liebe zu Lotfi. Ich liebte meinen Mann. Ich liebte sein breites rötliches Gesicht, die Ruhe in seinen blauen Augen. Ich liebte sein gelocktes Haar, sein aprikosenförmiges Kinn, seine schmalen Jungenlippen.

Ich liebte ihn vor allem dafür, dass er so unprätentiös war. Er war glücklich mit seinem Flecken Garten, seiner Enklave der Einsamkeit in abgeschiedener Höhe, in einem überschaubaren ländlichen Gebiet. Er war wirklich glücklich. Und ich zusammen mit ihm. Es war ein Moment in meinem Leben, in dem ich, wie damals im Garten meiner Grossmutter, eine heitere Ruhe erfuhr.

Lila

Es gibt nichts Entwaffnenderes als das Lachen.

Henri Bergson,
Das Lachen

1. Juli 2006! Endlich, das Ferienlager beginnt! Ich beobachtete den kleinen Zeiger, aber er bewegte sich nicht schnell genug, und überhaupt war mir langweilig. Also sprang ich aus dem Bett.

In der Küche war alles blau, ich wusste nicht, ob Tag oder Nacht war. Ich bereitete mir ein *labneh*-Sandwich zu und setzte mich ins Wohnzimmer, wo ich den Fernseher einschaltete. Walid Dschumblat. Mama hatte ihn mir auf einem grossen Plakat in der Strasse gezeigt und gesagt, das sei der Chef der Drusen.

»Der Krieg steht vor der Tür. Die Zahal bombardieren uns. Wir können uns nichts mehr vormachen.«

Am Boden lagen Leute. Sie waren tot. Mama wäre dagegen gewesen, dass ich mir so was ansah, aber ich blieb bis zum Schluss. Dann schaltete ich den Fernseher aus und ging zu ihr ins Zimmer.

»Mama? Fahren wir ins Ferienlager?«

Ihre Augen waren geschlossen.

»Morgen.«

»Haben wir Krieg?«

»Nein, mein Schatz.«

Als sie aufgestanden war, statteten wir der Mutter von Gédo Sahi einen Besuch ab. Wir verputzten Baklava, das Gédo beim »besten Patissier der Stadt« geholt hatte. Vom Wort »bester« machte er oft Gebrauch. Plötzlich hörten wir ein lautes Bum und daraufhin ein Pfeifen wie vom Bergwind.

»Iiiii, sie hat ganz in der Nähe eingeschlagen!«, rief meine Urgrossmutter.

Ich verstand nicht, was eingeschlagen hatte, aber bestimmt war es etwas wahnsinnig Schweres. Riad rettete sich in Mamas Arme, Papa befahl mir, ich solle ins Zimmer verschwinden. Gédo sagte, wir sollten uns beruhigen, da habe einer bloss mit Böhnchen übertrieben, und lachte. Ich überlegte, konnte mir aber nicht erklären, warum Gédo von Böhnchen redete.

»Lila, ich habe dir gesagt, du sollst ins Zimmer!«

Ich gehorchte Papa und machte die Tür hinter mir zu. Dort bekam ich Angst. Vielleicht hatte Walid Dschumblat ja recht, und es war Krieg. Andererseits war es unmöglich, weil das bedeutet hätte, dass Mama mich angelogen hatte.

Dara

Auch Arsun genügte nicht mehr. Auch dieser Zufluchtsort, an den meine Grossmutter, Ema und mein als Mädchen verkleideter Cousin Osman geflohen waren. Es gab keine weitere Rückzugsmöglichkeit, weder für uns noch für unsere Kinder. Um sie in Sicherheit zu bringen, musste die so gefürchtete Entscheidung getroffen werden. Ich würde auf dieses Land verzichten müssen. Würde ohne Beiruts Unordnung und Arsuns Ruhe auskommen müssen.

Wir mussten aufbrechen, den Libanon ganz verlassen. Fliehen wie meine Eltern, wie Madschid und ich, Riad und Lila.

Ich beschloss, dass wir zu Ema nach Frankreich gehen würden. Sprach Lotfi darauf an, überzeugt davon, dass er gleich dachte.

»Niemals.«

Unsere Stühle waren zum Garten gedreht. Hoch am Himmel leuchtete der Vollmond. Von meinem Mann konnte ich nur die reglosen Umrisse erkennen, dunkler als die Nacht.

»Ich bin hier geboren, hier lebe ich, und hier werde ich sterben.«

Ich konterte: »Wir sind nicht allein, Lotfi, wir haben Kinder. Wir müssen es für sie tun.«

»Der Krieg geht vorbei.«

»Was weisst du schon vom Krieg? Hast du je einen erlebt? Ich schon. Als Kind habe ich Krieg kennengelernt. Ich will nicht, dass Lila und Riad dasselbe erleiden müssen.«

Er blieb stumm.

»Du willst also ihr Leben aufs Spiel setzen? Es tagtäglich gefährden?«

In der Ferne glitt ein Helikopter unter dem Mond durch.

»Hör mal, Lotfi, entweder kommst du mit uns mit, oder …«

»Schweig!«

Sein Stuhl kippte rückwärts um, als er aufstand. Er hielt mir den Zeigefinger vor das Gesicht.

»Niemals, hörst du? Niemals werde ich zulassen, dass die Kinder von mir getrennt aufwachsen. Sie bleiben hier, das steht fest. Ich bin hier der Mann!«

In der Nacht schreckte mich eine Explosion aus dem Schlaf. Ich riss die Augen auf, mein Herz hämmerte gegen die Brust.

»Das ist ein Feuerwerk«, sagte Lotfi, »die Hakims feiern Hochzeit.«

Ich sprang aus dem Bett, lief zum Schlafzimmerschrank und riss meinen Koffer heraus. Als er auf dem Boden lag, begann ich meine Kleider hineinzuwerfen.

»Was machst du?«

»Wir brechen auf.«

Lotfi stand auf und schaltete das Licht ein. »Wohin denn? Du hast nicht einmal ein Visum, Dara!«

Ich gab keine Antwort.

»Hör auf, Dara, du weckst noch die Kinder!«

Er wollte den Koffer nehmen, ich stiess ihn weg, er presste den Kiefer zusammen, trat wieder zu mir und verpasste mir eine Ohrfeige.

Am nächsten Abend, dem 7. Juli 2006, schloss ich mich im Bad ein, damit Lotfi mich nicht hören konnte, und rief einen Freund an, der auf der französischen Botschaft arbeitete.

»Beschaff mir bitte Visa, Serge.«

Mit meinem Land würde ich gleichzeitig auch meinen Mann verlassen. Ich musste meine Worte mit Bedacht wählen. Selbst gegenüber einem Freund.

»Nur bis die Lage sich stabilisiert hat, wegen der Kinder.«

»Alle brechen auf, *habibté.* Es werden keine Visa mehr erteilt. Um einen Exodus zu verhindern.«

»Hör mir bitte zu, Serge. Ich brauche diese Visa. Es ist wichtig.«

Es ist wichtig, als ob das für einen Libanesen eine Bedeutung hätte.

»Du hast dir wohl jemanden angelacht, habe ich recht, mein Lausemädchen?«

»Serge!«

»Na gut, ich schaue, was ich tun kann. Und Lotfi?«

Ich zögerte.

»Wir kommen zurück, sobald sich hier alles beruhigt hat.

Serge liess mir die Visa zukommen. Der Konvoi, den die Vereinten Nationen organisiert hatten, um die Ausreise zu ermöglichen, sollte am 15. Juli vormittags in Beirut starten. Lotfi musste davon erfahren haben. An diesem Tag postierte sich nämlich sein Bruder Machmud vor unserem Haus – bestimmt in seinem Auftrag, bis er von der Arbeit zurück wäre. Machmuds pantherhaftes Gebaren liess keinen Zweifel daran, dass er bereit war, beim geringsten Fluchtversuch über uns herzufallen.

Das Panoramafenster im Wohnzimmer ging auf den Garten. Mein Auto stand etwa zehn Meter weiter drüben, zwischen den ersten Grasbüscheln und der Strasse.

Lila

»Kinder, wir reisen nach Frankreich!«

Es stimmt schon, dass Mama nicht gern redete, wenn sie so gestresst war. Aber im konkreten Fall musste sie uns doch ein paar Dinge mehr verraten …

»Wann denn?«

»Jetzt sofort.«

»Und wohin nach Frankreich, Mama?«

Sie gab keine Antwort.

»Und Papa?«

»*Khalass,* Lila! Geh und pack deinen Koffer!«

Ich lief in mein Zimmer. Obwohl sie mich angeschrien hatte, war ich happy, ich wollte ja unbedingt nach Frankreich! Schon als ich ganz klein war, hatte ich immer von Frankreich gehört. Dass es dort Akkordeons gebe, leckeres Brot, den Eiffelturm … Ich fand das verrückt, ein Land, wo es überall diese Dinge gab.

Merkwürdigerweise sagte Mama, wir würden durch den Garten rausgehen. Wir sollten vorwärtsrobben wie Soldaten im Film. Als wir dann im Auto sassen, zitterte sie und schaffte es kaum, den Schlüssel einzustecken, um losfahren zu können. Unablässig blickte sie in den Rückspiegel.

»Was siehst du dort hinten?«, fragte ich.

Es war mein Onkel! Er lief auf uns zu, wollte meine

Hand ergreifen. Mama fuhr los. Trat kräftig auf das Gaspedal. Ich war traurig, weil ich mich von meinem Onkel hätte verabschieden wollen.

Dara

Geschafft.

Der Konvoi der Vereinten Nationen fuhr ungestört Richtung Dschunia. Zum zweiten Mal.

Auf dem Rücksitz nahm Lila Riad in den Arm. Dann schlief sie ein.

Lila

Abgötter darf man nicht berühren: Ihre Vergoldung bleibt an den Händen haften.

Gustave Flaubert,
Madame Bovary

»Mama, wo ist der Eiffelturm?«

Sie gab keine Antwort.

»Und die Rosen? Wo sind denn die Rosen? Und die Akkordeonspieler?«

»Das alles gibt es in Paris, mein Schatz, wir fahren bald mal hin.«

»Und wo sind wir jetzt, Mama?«

»In Ferney-Voltaire.«

Ich war zutiefst enttäuscht. Hier gab es nichts von all dem, was Mama versprochen hatte.

Auch in Bezug auf den Krieg hatte sie mich angelogen, sinnierte ich. Und Frankreich war viel weniger toll als der Libanon. Vor allem die Schule. Die Kinder hier waren allesamt Egoisten. Einmal gingen wir nachmittags mit dem Lehrer ins Kino, und dann brach ein Mädchen in Tränen aus und sagte, es wohne neben dem Kino und wolle nicht zur Schule zurück und dann noch einmal nach Hause laufen. Ich fand das verrückt. Mit dem Lehrer durfte man doch nicht so umspringen.

Im Klassenzimmer gefiel es mir ebenfalls nicht, weil alles immer so ernst sein musste. Im Libanon konnte ich einfach drauflosschwatzen, das kümmerte keinen. Eines Morgens schaute ich mich ein wenig um und sah, dass vor mir ein Junge das Lehrbuch aus seiner Schultasche nahm. Der Umschlag war blau, dabei waren unsere doch gelb. Ich wollte es meiner Banknachbarin sagen, aber als ich den Mund öffnete, schaffte ich es nicht. Es wäre zu albern gewesen.

Dara

Am 11. August 2006 rief die UNO einen Waffenstillstand im Libanonkrieg aus. Im Laufe der Monate wurden Lotfis Drohungen immer schärfer. Ich hätte keinen Grund mehr, sagte er, mich so weit weg von meinem Mann aufzuhalten, und wenn ich nicht zurückkäme, reise er selber an und hole sich die Kinder. All das blieb natürlich folgenlos. Einige Zeit später liessen wir uns scheiden, auch Lotfi gab zu, dass es so besser war.

Die Wahrheit ist, dass sich von dieser Waffenruhe niemand täuschen liess. Der Libanon ist instabil. Ist es schon immer gewesen. Deswegen meine hartnäckige Weigerung, mit den Kindern zurückzukehren. Immer hart an der Mittellinie fahren, um der Bombe eines Selbstmordattentäters auf dem Gehsteig zu entgehen, im Schrank Kerzen horten, um bei Stromausfällen gerüstet zu sein, beim geringsten Geräusch zusammenzucken, immer locker bleiben, immer Ruhe bewahren – das Dasein konnte sich unmöglich für längere Zeit auf diese Dinge beschränken. Ordnung wurde früher oder später zu einem Bedürfnis.

Und in Frankreich schien mir das Leben geordnet zu sein. Der Verkehr vorhersehbar, die Verwaltung ein Netzwerk, über das ihre kleinen Dienstleistungen jeden Ort erreichten wie die Tentakel eines Kraken, in Ferney

Bewohner, die nüchtern, manchmal uninteressant, aber kaum je heuchlerisch waren, alles mündete in eine heitere Ruhe, wie ich sie brauchte.

Lila

Der See leuchtete, als wäre er schneebedeckt. Wir hatten in Genf direkt am See, im Le Lacustre, zu Mittag gegessen. Mama rauchte eine Zigarette. Ihr Blick war abwesend, als würde sie meditieren. Ich weiss nicht, ob Riad es bemerkt hatte, jedenfalls kam seine PSP zum Vorschein. Auch seine Zunge kam zum Vorschein, wie immer, wenn er sich konzentrierte. Ich sagte, am Tisch werde nicht gespielt, und er antwortete, er müsse seine *Pro Evolution Soccer*-Meisterschaft fertigspielen, weil sie schon zu lange andaure. Ich war wie Mama. Dachte nach. Überlegte, wie sonderbar es war, den spiegelglatten See vor sich zu sehen, der so anders war als das Meer im Libanon, wo man nie wusste, wie die Wellen am Strand auftreffen würden, wo man manchmal riesige Wellen sehen konnte, die sich beim Aufschlagen als klein erwiesen, und wo es manchmal gerade umgekehrt war.

Die Einzige, die redete, war Téta Ema. Sie telefonierte. Ich hörte nicht zu, bis sie plötzlich auflachte und rief: »Ich hätte die Kleine nie in die Welt setzen dürfen!«

Plötzlich waren wir alle nicht mehr in einer anderen Welt. Selbst Riad hob den Kopf von seiner PSP.

»Mama, was hat Téta gesagt?«, fragte ich.

Sie gab keine Antwort.

»Warum hat sie das gesagt?«

»Es war nicht ernst gemeint, mein Schatz.«

»Aber so was ist doch gemein!«

Es war wirklich gemein! Es bedeutete, dass Mama besser nicht existieren würde. Dass es eine Dummheit war, dass sie existierte.

Als Téta auflegte, war ich stocksauer und schrie: »So was darfst du nicht sagen, Téta! Ist das zu fassen? Mama war doch kein Fehler! Nein und nochmals nein! So spricht man nicht über seine Tochter! Weil es respektlos ist! Sie verdient es nicht, dass du sagst, du hättest sie nicht gewollt! Bedeutet das, dass auch ich eine Dummheit war? Bin also auch ich …«

»Lila, Lila, *habibté!* Beruhige dich, was ist los? Das war nur so dahergesagt, es war nicht ernst gemeint!«

Téta und Mama mussten lachen. Ich war wütend und wurde noch wütender.

»Unglaublich, Dara, hast du gesehen? Sie redet wie eine Erwachsene! Haargenau wie du als Kind!«

Danach hörte ich auf zu reden. Ich begriff, dass sie mir überhaupt nicht mehr zuhörten, sich lieber über mich lustig machten. Wenn ich erwachsen wäre, überlegte ich, hätten sie mich vielleicht ernst genommen. Ich musste schnell gross werden. War gezwungen, schnell gross zu werden, damit sie mir zuhören würden wie einer Erwachsenen. Es war dumm, überlegte ich weiter, dass man erwachsen sein musste, um angehört zu werden. Dabei sagen auch Kinder interessante Dinge. Sie sagen Dinge, die Erwachsene nicht sagen, weil sie lieber lügen. Während Kinder nicht lügen. Das, was sie in ihrem Kopf haben, und das, was sie tun, stimmt überein.

Ich glaube, das liegt daran, dass Kinder noch nicht so viel erlebt haben. Sie können weder aus ihrer Erfahrung noch aus ihrer Vergangenheit ableiten, wie sie handeln sollen. Sie müssen gezwungenermassen so handeln, wie sie fühlen.

Ich rechnete nach, noch zehn Jahre, bis ich erwachsen wäre! Das war eine sehr lange Zeit. Eine frühere Etappe musste also her. Ich fand sie am Abend nach dem Lacustre, als Mama mein Federbett aufschüttelte.

»Mit zwölf werde ich kein Kind mehr sein! Und danach bin ich schon bald erwachsen!«

Mama, die mich gerade zudecken wollte, hielt inne und sah mich an. Kniff ihr linkes Auge ein wenig zu.

All diese Schmerzen aber wiegt auf die Freude meines Herzens in der Erinnerung an die Unterredungen, die wir miteinander geführt haben.

Epikur,
Brief an Idomeneus

Ich war von meinen Freunden die Einzige, die erwachsen sein wollte. Alle anderen kümmerte das nicht. Aber ich wusste ohnehin, dass ich anders war als sie. Vor allem anders als die Mädchen. Mit acht war ich schon sehr gross, hatte Körperhaar und für mein Alter zu viele Kurven. Aber das war nicht schlimm, so sah Mama, dass ich erwachsen wurde. Ich war sogar glücklich darüber. Dachte bei mir, dass mir die Erwachsenen bald zuhören würden. Das taten sie im Übrigen schon. Vor allem wenn ich Dinge wiederholte, die ich im Fernsehen gehört hatte, etwa über den Krieg oder über Politik.

»Moment mal, Émé, du sagst also, dass man als UNO-Beamter ausserhalb des eigenen Heimatlands fünfundsiebzig Prozent der Schulkosten zurückkriegt, selbst dann, wenn man sein Kind in eine Privatschule schickt?«, fragte Khalo Madschid.

Mama, Riad und ich sassen bei Téta Ema beim Dessert. Khalo Madschid und Gédo Sahi waren auch da. Sie waren für die Ferien gekommen.

»Gibt es denn weitere Ungerechtigkeiten dieser Art?«, fragte Khalo.

Téta hob die Hände, als müsste sie etwas auffangen, und rief: »Was redest du da, *habibé,* was glaubst du denn? Nimm zum Beispiel das Gehalt eines *professional staff,* das sind die Mitarbeiter der Vereinten Nationen, die in ein anderes Land geschickt werden können, weisst du, wie es berechnet wird? Man nimmt den Durchschnittslohn für seine Tätigkeit, aber auf der Basis der fünf besten New Yorker Unternehmen.«

Khalo machte grosse Augen.

»Dazu kommt, dass sein Gehalt jedes Jahr automatisch um fünf Prozent aufgestockt wird, nicht übel, was? Aber warte, falls das nicht genug ergibt, kommt ein *post adjustment* hinzu, weisst du, was ein *post adjustment* ist?« Bevor Khalo antworten konnte, sagte sie: »Das *post adjustment* hängt vom Lebensstandard im jeweiligen Land ab. Je teurer es dort ist, umso mehr kriegt man noch dazu. Faktisch wird für jeden Esel aufgestockt.«

Ich wunderte mich, dass Téta plötzlich von Eseln redete.

»Okay, Ema«, sagte Gédo, »aber du unterschlägst, dass es risikoreiche Aufgaben sind.«

»Ach, hör auf, du glaubst doch nicht etwa, dass es in Genf oder Wien risikoreiche Aufgaben gibt?«

Gédo schnalzte mit der Zunge. »Ich rede von Risikogebieten. Risikogebiete, in denen …«

»In den Risikogebieten hat man Anspruch auf gesicherte Wohnanlagen, Privatchauffeure, Polizeibegleitung, hundertfünfzig bis vierhundertfünfzig Dollar pro Hotelübernachtung, Spesenentschädigung für sämtliche Fahrten, für sämtliche Mahlzeiten, sogar die im

Restaurant, da kommt ziemlich was zusammen, oder? Und mit sechzig dann Pensionierung, Privatstrände, VIP-Lounge, Flüge in der Businessclass ...«

»Einverstanden!« Gédo zeigte mit dem Finger auf Téta.

Ich blickte Mama an, weil mir das verboten war, aber sie sagte nichts.

»Schaffen wir die Vereinten Nationen ab, Ema. Was sollen wir mit dem UNO-Sicherheitsrat?«

»Du meinst diesen Gaunerverein, in dem fünf Staaten, keiner von ihnen ein Entwicklungsland, für die anderen hundertsiebenundachtzig über Frieden diskutieren? Wo man die tolle Idee gehabt hat, auch noch ein Vetorecht einzuführen? Du brauchst nur einen Blick auf den Nahen Osten zu werfen, dann weisst du, was ich von diesem Scheisssicherheitsrat halte.«

»Ema ...«, sagte Mama, »achte ein bisschen auf deine ...«

»Nimm mal den Nahen Osten, Sahi, nimm diese Ecke, in der alles festgefahren ist, weil Russland und die USA sich seit einem halben Jahrhundert gegenseitig blockieren. Ich für meinen Teil würde mir diesen Sicherheitsrat und zusammen mit ihm die ganzen Vereinten Nationen aus dem Skrotum reissen.«

»Was heisst Skrotum?«, fragte mein kleiner Bruder.

Stille trat ein, dann mussten alle lachen. Ich wusste auch nicht, was ein Skrotum ist, aber ich lachte trotzdem mit, es war so lustig, wenn Téta redete. Sie redete wie manchmal die Leute im Libanon. Sprach von ernsten Dingen und steigerte sich in eine Riesenwut, um dann mir nichts, dir nichts loszulachen.

Dara

»Merkwürdig, Ema, das Leben in Ferney ist mir in letzter Zeit fast zu komfortabel. Ich glaube, der Libanon fehlt mir.«

Sie lachte am anderen Ende der Leitung. »Das Verantwortungsgefühl«, sagte sie.

»Das Verantwortungsgefühl?«

»Kinder, Familie, die Sicherheit ...«

Ich hatte den Eindruck, Ema und ich sprächen nicht die gleiche Sprache.

»Irgendwann kommt unweigerlich der Tag, an dem dir all das an die Gurgel springt oder dich von innen auffrisst!«

»Aber ...«

»Wenn man an diesem ganzen Verantwortungsgefühl fast erstickt, möchte man irgendwann *khalass* rufen und alles hinter sich lassen, nicht? Und hier kommt der Libanon ins Spiel! Das ist das libanesische Paradox! Der Drang nach Unordnung!«

»Aber Ema, an Verantwortung bin ich noch nie erstickt.« Ich verstand nicht, was ihre Erklärung mit meinem Heimweh nach dem Libanon zu tun haben sollte. Ich hatte mir immer Verantwortung gewünscht.

»Sogar jetzt, Dara, bist du sicher?«

Klar doch!

»Weisst du, ich glaube, unser Leben ist gleich verlaufen, aber heute haben wir nicht die gleichen Bedürfnisse.«

»Mmh.«

Das bedeutete in Emas Sprache: »Ich bin zwar nicht mit dir einverstanden, möchte das Gespräch aber nicht fortsetzen.«

Naïma

Nach so vielen Jahren *à la française* löste ein von meiner Enkelin Dara ausgesprochener Satz meine erste Rückkehr nach Abu Dhabi aus.

»Hör auf mich zu bemuttern, Téta, Mütter bemuttert man nicht!«

In unserer Familie geben sich die erstgeborenen Töchter gern absichtlich barsch. Das liegt wohl an der Erziehung. Mit den Ältesten ist man immer strenger, vielleicht aus Angst vor einem Scheitern. Aber im Grunde hatte Dara recht. Und vor ihr hatte meine Tochter Ema recht gehabt, als sie am Tag nach dem Tod meines Mannes Dschahid die Verantwortung für die Familie übernahm. Man musste verantwortungsbewusst sein. Hätte Dara das Gegenteil zu mir gesagt, dann wäre das nicht normal gewesen. Dann hätte es von einem Mangel an Verantwortungsgefühl gezeugt.

Eine solche Person habe ich auch kennengelernt. Amra, Halas älteste Tochter. Die damals nicht gekommen war, als ich die Spinnweben von der Decke holen wollte und dabei ausgeglitten war.

2006 verliess ich also Frankreich Richtung Abu Dhabi. Ein paar Monate später starb meine Tochter Hala an Brustkrebs. Diese Tragödie nahm mich sehr mit. Noch mehr nahm mich aber das Verhalten ihrer Tochter Amra mit. Sie hatte nichts anderes im Kopf als trinken, singen und tanzen, und zurück gab sie: nichts. Weder traf sie Entscheidungen für ihre Geschwister, noch machte sie Anstalten, ihre Familie zu ernähren. Jedes Mal, wenn mir deswegen der Kragen platzte, hiess es, ich dürfe es ihr nicht übelnehmen, müsse verstehen, dass es schwierig sei, wenn einem die Mutter wegsterbe, jeder habe seine eigene Art, darauf zu reagieren. Es nützte nichts. Ihre Verweigerung, Verantwortung zu tragen, versetzte mich tagtäglich in Anspannung, Stress und Angst.

Ema

2007 kam meine Mutter nach Ferney-Voltaire zurück. In diesem Jahr reiste ich in den Libanon und zum alten Flughafen von Baalbek. Ich glaube, ich wollte das Bild des Abu, ein paar Erinnerungen wiederfinden. Die Stelle war dieselbe wie beim ersten Mal. Nur dass die Flugzeugteile nicht mehr da waren. Es gab nur noch Luft. Heisse Luft, drückend heisse.

Lange blieb ich wie erstarrt stehen. Erinnerungen kehrten keine zurück. Ich fühlte mich schlecht. Atmete immer schwächer.

Der niedrige, wolkenverhangene Himmel. Die Luft, die schwere Luft. Warum war ich so dumm gewesen, zuzulassen, dass mein ganzes Leben lang so viele Menschen von mir abhängig waren? Warum hatte ich mich nicht öfter um mich selbst gekümmert?

Ein bleierner Himmel. Und diese Luft. Ich atmete nicht mehr.

Ich atmete nicht mehr.

Mein Hals war zugeschnürt.

Ich fiel.

Dara

Bei unserem letzten Gespräch waren Ema und ich wieder bei einer gewissen Unnachgiebigkeit angelangt. Aber wir waren auf dem richtigen Weg. Bei jedem neuen Versuch schoben wir den Kipppunkt weiter hinaus. Am meisten störte mich, dass Ema bei unserer Unterhaltung keinen Sinn in dieser Sehnsucht, der Sehnsucht nach einem chaotischen Land, hatte erkennen können. Das glaubte ich zumindest.

Dieses Gefühl quälte mich noch, als ich in der Wohnung, die Riad, Lila und ich kurz zuvor in Ferney-Voltaire bezogen hatten, in einer schlaflosen Nacht von Angst gepackt an die bläuliche Decke meines Zimmers stierte.

Das »libanesische Paradox«.

Ema hatte recht. Jetzt wurde es mir klar. Dass ich mir etwas vorgemacht hatte. Dass im Grunde auch ich jetzt Luft zum Atmen brauchte, dass auch ich an der Verantwortung, von der sie gesprochen hatte, erstickte. Dass sich mein Leben nicht allzu sehr von dem meiner Mutter unterschied, dass auch mein Leben ein Tauziehen zwischen der libanesischen Leichtigkeit auf der einen Seite und dem französisch-schweizerischen Verantwortungsbewusstsein auf der anderen war. Ein Tauziehen zwischen der Unbeschwertheit der Kindertage und dem

Muttersein des Erwachsenenlebens. Zwischen diesen zwei Lebensaltern, die, statt aufeinanderzufolgen, sich schon ein Leben lang gegenseitig angriffen.

Das wurde mir im bläulichen Schein dieser Decke klar, die mir auf den Kopf fiel.

Lila

Eines Tages fuhren wir alle zum Genfer Flughafen, um meine Urgrossmutter Naïma abzuholen. Ich war schüchtern, und als sie mich erblickte, versteckte ich mich hinter Mama.

»Komm schon, Lila, begrüss deine Urgrossmutter wie eine Erwachsene, und hör auf, dich wie ein Kind zu benehmen.«

Ich versuchte, Mama zu gehorchen. Versuchte, nicht Kind, sondern erwachsen zu sein. Aber es gelang mir nicht, und plötzlich war mir unwohl.

Naïma

Erst als ich nach Ferney-Voltaire zurückkehrte, legte sich meine Angst. Dschahids Tod, Jamhas Tod, Halas Tod, Amras Verantwortungslosigkeit, all diese schmerzlichen Erfahrungen sind bis heute in mir. Aber sie quälen mich nicht mehr so.

Ich fühle mich hier ausgeruhter. Seit meiner Kindheit, seit Palästina, seit Ahava war der Himmel nirgends so hoch gewesen. Die Träume nirgends so zahlreich. Ich wache jeden Morgen mit ruhigem Atem auf, der Blick noch in den glitzrig-geschmeidigen Sphären des kleinen Mädchens verloren, das ich gewesen bin.

Ema

In Baalbek wäre ich beinahe ohnmächtig geworden. Erst als ich auf die Knie fiel und in Tränen ausbrach, bekam ich wieder Luft.

Ich weinte lange. Vor allem um den Abu.

Als ich ausgeweint hatte, streckte ich mich auf dem heissen Sand aus und schloss die Augen.

Wind kam auf.

Dara

Es gelang mir, meine Zerrissenheit zu mildern, das Tauziehen, von dem Ema gesprochen hatte. Durch meine Arbeit gewann ich zurück, was mir so lange gefehlt hatte: Unbeschwertheit. Nach einigem Suchen fand ich schliesslich eine Stelle bei der Interparlamentarischen Union in Genf, wo ich mit Entwicklungsländern zu tun hatte. Dank meiner Dienstreisen entdeckte ich all die Tugenden wieder, die mir in meinem französischen Leben abhandengekommen waren. Unordnung, Bescheidenheit und vor allem: Grosszügigkeit. Die Grosszügigkeit der Länder, in denen man wenig besass, in denen man sich weder vor dem Verlieren noch vor dem Geben fürchtete.

Wie mir im Laufe der Jahre bewusst wurde, hallte an all diesen Orten das Verlangen wider, etwas noch Ferneres wiederzufinden.

Etwas aus meiner Kindheit, aus dem Viertel meiner Grossmutter.

Lila

Ich erinnere mich, wie ich einmal in Beirut in der Schule war und plötzlich drei Vögel in den Himmel flogen. Dazu ein lautes Bum. Später sagte mir Mama, das sei eine Bombe gewesen, die Rafik Hariri gegolten habe.

Alle liefen hinaus in den Pausenhof. Auch ich lief. Aber ich lief auf die Vögel zu. Weil ich mit ihnen hätte wegfliegen wollen.

Naïma

Es war Frühling. Ich sass auf dem Rasen eines Parks in Ferney-Voltaire, neben Lila. Es war schon spät.

»Kommst du?«

Eine Freundin streckte ihr die Hand entgegen. Lila ergriff sie, sprang auf und flitzte mit ihr zu den anderen Kindern, die etwas weiter drüben spielten.

Die Kinder, der Himmel, ich dachte an Ahava zurück. An die Momente, wenn wir nebeneinanderher liefen. Die Momente, in denen nichts anderes mehr zählte. In denen der palästinensische Himmel uns noch beschützte, dieser Himmel, an dem die Sterne lebendig waren, an dem die Sterne loderten. Dieser Himmel, durch den wir flogen, mitten durch die Sterne, eingetaucht in den Kosmos.

Lila gab mir aus der Ferne ein Zeichen. Ich solle ihr zuschauen. Sie würde mit ihrer Freundin um die Wette laufen. Lila rannte so schnell, dass es aussah, als würde sie gleich abheben. Auf der Ziellinie blickte sie zu mir. Ich lächelte ihr zu. Es war ein Schmunzeln ohne Furcht und Angst. Ein Schmunzeln aus freien Stücken, ein echtes Schmunzeln.

Das Schmunzeln eines Kindes.

Ema

Ich schlief ein, ausgestreckt auf dem Sand von Baalbek. Als ich die Augen wieder aufschlug, kam die Sonne.

Ich stand auf und blieb stehen, der Leere zugewandt. Aus der Ferne hörte man das Donnern eines Einsturzes. Dann nichts mehr.

Ich liess mich nach hinten fallen, schlug mit dem Rücken sanft im heissen Sand auf. Am Horizont lösten sich nach und nach die letzten Wolken auf. Dann war der Himmel leer, weit.

Dara

Ein Frühlingsmorgen. Die Luft in Ferney-Voltaire wärmte sich langsam auf. Die Sonne in der Ferne war immer weniger rot und wurde immer gelber. Ich sass auf der Terrasse und sah, wie die ersten Strahlen in den Garten flossen und die Blüten des ersten Strauchs vergoldeten, den ich gepflanzt hatte: den Jasmin »Naïma«.

Ein paar Vögel bildeten zwei Linien am Himmel, zwei Arme, wie sie früher meine Schultern umschlossen hatten, Arme, die mir im morgendlichen Licht jener Frühlingstage tiefen Frieden beschert hatten.

Die Bombe. Sie flogen schneller als ich, die drei Vögel. Irgendwann konnte ich sie nicht mehr sehen. Am Himmel, in weiter Ferne, waren nur noch drei V. Da schloss ich die Augen und stellte mir vor, mit ihnen durch die Lüfte zu fliegen. Als ich sie wieder öffnete, um zu schauen, wie das aussah, merkte ich, dass ich wie ein Vogel war.

Dass auch ich flog.

Dass auch ich etwas hatte, was die anderen nicht hatten.

Flügel.

Glossar

Abu: Vater. Ersetzt in Kombination mit dem Namen des ältesten Sohns manchmal den Vornamen. Heisst jemand beispielsweise Walid und hat einen Sohn namens Masen, kann er statt Walid »Abu Masen« gerufen werden.

Arak: Anisschnaps. Das Wort bedeutet »Transpiration« und verweist auf die Destillation von vergorenem Traubensaft. Ausserdem wird Anis zugegeben. Im Gegensatz zu Pastis, Raki und Ouzo enthält Arak keine Lakritze.

Chou: Na? Wie? Im zweiten Fall geläufiger als *naam,* das in etwa »Verzeihung?« entspricht.

Drusen: religiöse Gemeinschaft. Typische Elemente des Drusentums sind die Geheimhaltung der Lehren (Einweihung erst nach mehreren Initiationsstufen), eine Ablehnung der Scharia und das Fehlen von Liturgie und Kultstätten. Die Drusen glauben an die Wiedergeburt. Sobald ein Kind sprechen kann, versammelt man sich und bittet es, von seinem früheren Leben zu erzählen.

Émé: Mama. Analog zu Abu kann auch Émé in Kombination mit dem Vornamen des ältesten Sohns (und orthographisch leicht angepasst) an die Stelle des Vornamens treten. Heisst eine Frau beispielsweise Lina und hat einen Sohn namens Usama, kann sie statt Lina »Émé Usama« gerufen werden.

Fedajin: palästinensische Kommandos, die Israel nicht anerkennen und sich ihm bewaffnet entgegenstellen.

Gédo: Opa.

Habibé, habibi: »mein Lieber«, »mein Kleiner«. Wird im Libanon ständig und nicht immer affektiv verwendet. *Habibé* kann auch einfach eine Art Sprachtick sein.

Habibté: »meine Liebe«, wird gleich verwendet wie *habibé.*

Haganah: zionistische paramilitärische Organisation, die 1920 unter diesem Namen gegründet wurde und eine unter türkischer Herrschaft entstandene Polizeitruppe zur Verteidigung israelitischer Siedlungen vor Beduinenüberfällen ablöste. Als 1948 der Staat Israel ausgerufen wurde, schloss sich die Haganah der Armee, den Zahal an, um die arabischen Kräfte zu bekämpfen.

Hisbollah: schiitisch-islamistische Gruppierung, die im Libanon über eine politische Partei verfügt. Sie wurde 1982 mit iranischer Unterstützung gegründet und ersetzte die Fedajin im Kampf gegen die Besatzung durch Israel, bis dieses sich aus dem Südlibanon zurückzog. In der vom Iran unterstützten und von Scheich Hassan

Nasrallah angeführten Hisbollah entstand im Laufe der Jahre der Wunsch, aus der Gruppe von Kämpfern eine politische Partei zu machen. Dieses Ziel wurde 2011 erreicht.

Khalo: liebevolle Bezeichnung für Onkel.

Kibbeh: kann auf unterschiedliche Weise zubereitet werden. Gekocht, kann *kibbeh* aus länglichen oder dreieckigen Fleischklössen bestehen, es wird aber auch roh mit etwas Olivenöl, libanesischem Brot und Zwiebeln gegessen.

Koussa: mit Fleisch, Reis, Tomaten und Knoblauch gefüllte Zucchini, in der vegetarischen Variante ersetzt Olivenöl das Fleisch.

Téta: Oma.

Warak enab: gekochte Weinblätter, in die man ähnliche Füllungen wickelt, wie sie für *koussa* verwendet werden.

Ya Allah: o Gott.

Yalla: Auf geht's, los.

Quellen

Henri Bergson. *Das Lachen.* Ein Essay über die Bedeutung des Komischen. Übersetzt von Roswitha Plancherel-Walter. Hamburg: Felix Meiner 2011.

Machmud Darwisch. *Ein Gedächtnis für das Vergessen.* Beirut, August 1982. Aus dem Arabischen von Kristina Stock. Basel: Lenos 2001.

Epikur. *Philosophie der Freude.* Briefe. Hauptlehrsätze. Spruchsammlung. Fragmente. Übertragen von Paul M. Laskowsky. Frankfurt am Main: Insel 1988.

Gustave Flaubert. *Madame Bovary.* Roman. Aus dem Französischen von Wolfgang Techtmeier. Berlin: Aufbau 2009.

Nancy Huston. *Ein winziger Makel.* Roman. Aus dem Französischen von Uli Aumüller und Claudia Steinitz. Reinbek: Rowohlt 2008.

Pierre Carlet de Marivaux. *Das Leben der Marianne.* Hrsg. von Norbert Miller. In der Übersetzung von Paul Baudisch. München: Carl Hanser 1968.

Richard Powers. *Das Echo der Erinnerung.* Roman. Aus dem Amerikanischen von Manfred Allié und Gabriele Kempf-Allié. Frankfurt am Main: S. Fischer 2006.

Marguerite Yourcenar. *Ich zähmte die Wölfin. Die Erinnerungen Hadrians.* Aus dem Französischen von Fritz Jaffé. Zürich: Manesse 2009.

Kaouther Adimi
Dezemberkids
Roman
Aus dem Französischen von Regina Keil-Sagawe
249 Seiten, Hardcover, mit Schutzumschlag
ISBN 978 3 03925 000 4

»Jugendliche verteidigen in Algerien ihren Fussballplatz vor Generälen – und starten eine kleine Rebellion. Der furiose Roman erzählt (…) aus verschiedenen Perspektiven mit Biss, Ironie und Humor von diesem ungeheuerlichen Ereignis, das an einem verregneten Februartag seinen Anfang nimmt und monatelang das Land in Atem halten sollte.«
Rolf Brockschmidt, Der Tagesspiegel